阅美文

第七束鲜花

包利民 著

西苑出版社
XIYUAN PUBLISHING HOUSE

图书在版编目（CIP）数据

第七束鲜花 / 包利民著. — 北京 ：西苑出版社，2018. 5

ISBN 978-7-5151-0682-3

Ⅰ. ①第… Ⅱ. ①包… Ⅲ. ①散文集—中国—当代 Ⅳ. ①I267

中国版本图书馆 CIP 数据核字（2018）第 080869 号

第七束鲜花 DI QI SHU XIANHUA

出 品 人 赵 晖

责任编辑 康志刚 曹亚楠

责任印制 陈爱华

责任校对 刘 娟

书装设计 徐慧芳

出版发行 西苑出版社 XIYUAN PUBLISHING HOUSE

通讯地址 北京市朝阳区和平街 11 区 37 号楼 邮政编码：100013

电 话 010 -88636419 传真：010 -84281520

E -mail：xiyuanpub@163. com

印 刷 北京文昌阁彩色印刷有限责任公司

经 销 全国新华书店

开 本 880 ×1230 毫米 1/32

字 数 192 千字

印 张 7. 75

版 次 2018 年 5 月第 1 版

印 次 2018 年 5 月第 1 次印刷

书 号 ISBN 978-7-5151-0682-3

定 价 49. 80 元

（凡西苑版图书如有缺漏页、残破等质量问题，本社邮购部负责调换）

目　录

第一辑　情——尘世里的流连

第二辑　暖——心田里的感动

第四辑 悟——冰冷里的微笑

第1辑

情
——尘世里的流连

不看完

他是一个业余作者，平时总喜欢写些文章，特别是短篇小说，他几乎每天都在学都在练。工作轻松，使得他有大把时间去研究写作。唯一让他有些遗憾的就是妻子了，当年在家里人的压力下，他为了结婚而结婚。而结了婚后，他才知道，自己其实并不爱她，可她却对他很好，这更让他痛苦不已，想想一生那么长的日子，他都不敢继续想下去。

所以只好把全部心思都扑在写小说上，当他觉得自己写得差不多的时候，兴冲冲地拿给妻子看，妻子平时也愿意看些文学作品，他想得到妻子的肯定。可是，妻子接过那个他熬夜写出的短篇小说，只看了一会儿，甚至都没看完，就扔还给他。也不说意见，该做什么做什么去。这让他很是恼火，同时心底暗下决心，一定要把小说写好。

又一段时间过去，他再次觉得自己的写作能力颇有进步，就又拿了篇习作给妻子看。妻子仍是那个态度，看都没看完，就扔还给他。他依然很恼火，可是却不再怀疑自己的能力，他觉得妻子的文学水平怎么能和自己相比呢？于是，他开始投稿，作品都是石沉大海，连点儿浪花都没激起。虽然他执着地坚持，可连编辑的只言片语都换不回，多少也有些泄气。

不过他并不想就此放弃，他想妻子不看完自己的小说也许是正确的，可能自己的水平真的不行。于是继续苦练，写出的作品依然第一时间给妻子看，妻子的态度始终不变，不看完就放下。他也不在意，只是更努力地去写。有一天，他忽然收到一本文学杂志，急切地翻开，果然在目录里发现了自己的名字。那一刻，他觉得天蓝草碧，看着自己的文章变成铅字，看着自己的名字堂而皇之地印在文章标题下，他觉得一切的努力都是值得的！那个下午，在野外，他一遍遍地大声朗读自己的小说，直读得满眼泪水。

回到家，他忽然想起，自己发表的这篇小说并没有给妻子看过，于是决定给妻子一个震撼。待妻子回来后，他把杂志得意地递到她手上，妻子眼中闪过刹那的激动，然后开始看他的小说，只是，依然没有看完，就把杂志扔还给他。这让他很是错愕和不解，自己的水平都能发表了，难道还不能入妻子的眼？不过发表的喜悦很快冲淡了这一丝不快，他更加热情百倍地投入到文学创作中去。

那以后，仿佛上天垂怜他的努力，他的小说开始铺天盖地地发表。现在他干脆写好后不给妻子看，直到发表了，再拿给妻子欣赏。可妻子每一次都是没有读完，这让他很怀疑妻子是不是有什么心理缺失，有时试着和妻子交流，可一谈到他的小说，妻子就借故离开，根本不听他自认为绝妙的情节和构思。后来他干脆发表了也不给妻子看了，可他发现妻子会自己找出他的样刊看他的小说，却还是不看完。对此，他已经习以为常，只能报以无奈一笑。

终于，在他的一篇小说获大奖之后，他成了名家。许多文学爱好者找到他，一口一个老师，向他请教文学方面的问题。

每次那些人谈起他的小说，都是赞不绝口，他很是得意满足，可他看见妻子的脸上依旧平静如水。后来，有一个女文学青年常来找他，一来二去，就相互产生了感情，他觉得，这样一个能理解自己作品的女子，才是自己真正想要的。

提出离婚的时候，妻子出乎意料地平静，痛快地和他办理了手续，这倒是让他心里有了些许失落。不过，接下来的日子，却是充满激情和色彩，他由此爆发出了文学上的第二次辉煌。再没有人在身边轻视他的小说，有的只是赞美和钦佩，有时候会让他觉得有些莫名的伤感。于是想起了前妻，在一个夜里，他在网上的搜索引擎里试着输入前妻的名字，竟找到了前妻的博客。他就一直看着前妻记录的点滴生活。忽然，他的心一震，他看到了前妻的一篇日志，写道：

“那时，我一直不把他的小说看完，也不对他解释，并不是他写得不好，是因为我知道他从没对我动过感情，我不想涉入到他最钟爱的领域中去，我怕自己离开后，他会想起我。而我从不看完，那些小说中悲欢离合的故事，我不看结尾，这样，我会一直想着那些小说，想着故事中的人物会有怎样的结局，从而，我也会一直想着他……”

他呆坐在电脑前，如木雕泥塑般，想起过去的种种，一时无言心伤。

奔走的脚步到底通向哪里

清晨六点钟左右，十二岁的他便来到铁路边的土路上。有时候他觉得有了这条铁路真好，自己有锻炼身体的地方了。这是一个小小的村子，在辽阔的大平原深处，而他家，就在村子最前头，长长的铁路从门前经过。

他看了看铁路的西边，两条钢轨延伸向遥远的雾霭中。他深吸了口气，蹲伏在地上压了压腿，虽然做得艰难，可还是坚持压到最大幅度。站起身，擦了擦额上的汗，忽然有轰鸣声远远地传来。转头看，西面有火车的影子出现，只是片刻，火车便驶过来了，带着巨大的响声。

他略弯下腰，火车经过的刹那，猛然向前跑去，向着火车开走的方向。火车飞驰，一个小小少年拼命地跟着奔跑，步伐踉跄，就像随时都会摔倒。火车终于消失在视线中，他才停下脚步，剧烈地喘息。他回头看了看，露出一丝笑容，因为比昨天多跑了十多步。他捡起一块石头，放在刚才停住脚步的地方。这趟火车每天早晨六点十分准时经过，是旅客列车。

他一拐一拐地回到家里。由于天生左足畸形，而且左小腿也有些变形，导致他走路极为不平稳。爸爸妈妈极为心疼他，常给他讲一些身残志坚的励志故事，这对他影响很大。而且，他从小就有梦想，梦想来自门前经过的火车，他一直想着以后一定要走到远方去看看。正因为如此，他才每天坚持跟着火车跑步。起初总跌倒，可他咬牙坚持着，终于也能跑得很快且不摔倒了。

这一天早晨，他像平时一样来到铁路旁，准备开始奔跑。火车来了，他又开始发力跑起来，他转头向火车看了一眼，发现许多人都在看着他。各种表情在眼前飞掠而过，却不能影响他的决心。终于停下脚步，比之昨天又进步了一点点。他坐在地上休息，忽然，一张纸片飘落在不远处。

他好奇心起，便去捡了起来，那是一张烟盒纸，反面写着几行字："小伙子，你每天这么跑，是想去哪里呢？我小时候家门前也有火车经过，我出来后，却回不去了！"

他坐在土路上，拿着那张烟盒纸想了许久。也许，那个人小时候也和自己一样，也许他远离了家乡，可是为什么回不去了呢？哪有回不去的家呢？他知道，这趟火车开往的方向，在几十里外有个矿区，听爸爸说，那里的人大多是从遥远的外地来的。那个写字的人，就是其中一个吧？

第二天清晨，他又来到铁路边，手里拿着一个大纸壳，上面写着两个醒目的大字：回家！火车来时，他一边跑一边向着火车举起纸壳，他看见匆匆掠过的每一张脸，也不知哪一张是那个写字的人。火车过去后，却再没有纸片飘落。可他依然举着"回家"的纸壳跑了三天，才恢复了以往的生活。

多年后的一天，他终于离开了家门，在父母祝福的目光中走向陌生的远方。他在尘世中奔波了许久，在他的努力中，别人的白眼冷漠变成了钦羡敬佩，可是他却不为所动，就像当年飞驰而过的火车，没了影踪，他却没因此而停了脚步。他成了一个专业的摄影家，走遍万水千山，越走越远，也常想起家中渐渐老迈的父母，却一直无缘回去，理由太多太多。

有一次，在火车上，他抓拍到了一张照片。当时火车正驶过大片的平原，一个村子忽然出现在视野中，低矮的草房，坎坷的土路，还有一个站在家门前望着火车的男孩。他拍下这张照片后，每每看起，都会触动心底最柔软的部位。仿佛看到了当年的自己，在火车旁奔跑的身影，看到父母在家里，充满欣慰和心疼的目光；也仿佛体会到了当年那个给他扔纸条之人的心情，心里顿时升腾起强烈的渴望，就像当年想要去远方一样。

那一次，下了火车后，他立刻踏上了回家的路。再次见到父母时，他已经在外面闯荡了六个年头，父母老了许多，可是他们眼中的温暖却一直没变。那个早晨，他像多年前一般，在铁路旁等着火车开来，当火车驶过来时，也仿佛载来了过去的时光。他跟着火车奔跑，跑出了满眼的泪。

而他不知道的是，远在几千里外，在酷似他家乡的村庄里，一个六十岁左右的老人，正和儿女们欢聚一堂。老人美美地喝了一口酒，说："在二十年前，我还在东北的一个矿上干活，想着不挣了大钱就不回来，要不也对不起你们的妈。那时我们每天都要坐一个小时的火车去矿上上班，在路过一个村子时，我们天天能看见一个腿有些瘸的孩子，追着我们这趟火车跑。有一天我心血来潮，就在烟盒上写了几行字扔给他。接下来好几天，那个孩子都举着一个纸壳跟着火车跑，上面写着'回家'两个字！我才下决心回来的！走久了，才发现，回家多好！"

而他，看着火车远远消失，记起当初的那个给他扔纸条的人，想着那个人也早就回家了吧！

菜里有虫

母亲喊了一声开饭，燕小风立刻从房间里冲出，飞快地就位。虽然他觉得这一段时间，母亲的菜做得似乎没有以前可口，但他还是每次都吃得津津有味。可是今天刚刚吃了两口，他便在菜里发现了一条虫子。

燕小风对于这条虫子的出现，第一感觉就是不可能。因为母亲是一个极爱干净的人，所有的菜都要洗好多遍，别说虫子，连一粒小小的尘土都不会存在。于是燕小风睁大眼睛，不是幻觉，真真切切的一条虫子，就在菜里！他惊叫一声，立刻就觉得极度恶心。他从小就怕各种虫子，甚至看到一条虫子便会整夜地做噩梦。

父亲则是漠然地将那条虫子夹出，扔在桌上，若无其事地继续吃饭，母亲却一脸歉意地笑。燕小风终于冲进洗手间狂吐了一番，再无吃饭的欲望，虽然腹内仍饥饿。而父亲严厉地对他说："这顿饭如果不吃，以后也不要再吃了！"在父亲的恐吓和母亲的恳求眼神中，十六岁的燕小风妥协了，再度坐回餐桌旁，如同吃药一般把这顿饭吃完。

母亲辞去工作已经快半年了，一直在家里经营一日三餐，也就是从那时起，父亲的心情便不好起来，也常向燕小风发火。燕小风也隐约觉得似乎是母亲得了什么病，不能再工作，可他也没放在心上，因为他看出母亲的身体其实并无大碍。

自吃出菜里的那条虫子后，母亲做的饭菜便越来越不好，并不是原材料不好，而是烹饪水平的问题，更让人难以忍受的是，卫生方面也越来越差。可在父亲的威逼之下，燕小风并没有一次罢餐。

有一天，燕小风在放学的途中，便忽然发现了父亲，立时便惊呆在路旁。隔着街，他看见父亲和一个陌生的阿姨走在一起，脸上如春暖花开般的笑容，灿烂无比。这笑容，就如母亲的厨艺一般，似乎已在燕小风的心中成为遥远的传说。他觉得有问题，便急急回到家，把刚才的一幕告诉了母亲，并说出了自己的猜疑。母亲并没有想象中的暴怒或伤心，只是淡淡地说："小孩子别想那么多，管好自己，好好上学就行了！"

再后来，燕小风已经锻炼得看见菜里的虫子可以不动声色地夹出，然后继续大嚼大咽。有一天，当他从豆角里吃出一条虫子时，父亲说："你如果觉得妈妈洗菜不干净，可以自己动手去洗，也可以帮你妈妈干些活儿，你妈一天也挺累的！"父亲这么一说，他才意识到，母亲最近真的是很疲累的样子，于是便接手了洗菜的活儿。如此一来，菜里的虫子什么的便绝迹了，燕小风心里也暗喜。

那段时间，燕小风又有意无意地好几次，看见了父亲和那个陌生的阿姨在一起。不过他学乖了，回去也不再对母亲说，也没有去质问父亲。他也知道有些事情自己就算参与也改变不了，便只好装作一切不知。

在燕小风洗菜之后，有一天便突然对母亲做菜感了兴趣，虽然母亲的手艺与之前大不相同，但他还是想着观察一下，看问题出在哪里。这样一来二去，他由旁观到掌勺，竟也渐渐练出了一手好厨艺。他犹记得第一次做出的菜，母亲吃得眼睛湿润，父亲亦是吃得沉默。在他开始做饭之后，母亲便告别了厨房，事实上，母亲已经卧床不起，那一刻，他才知道，母亲是患了怎样的不治之症。

母亲去世之后，父亲哭了，和父亲来的那个阿姨也哭了。之前母亲已经告诉了燕小风，那个阿姨，还是母亲给父亲介绍的，母亲知道自己有一天终会死去。

阿姨成了继母，进了家门，做的第一顿饭，燕小风就吃出了虫子，可他毫无反应，似没看见一般，继母便释然地笑。后来燕小风继续做饭，继母对他便越发地好。

夜里，燕小风想起了母亲，想起母亲临终前对他说："孩子，妈以前洗菜不干净都是故意的，因为妈要锻炼一下你，因为在这个世界上，能包容你所有脾气的，只有亲妈……"

等

太阳刚刚探出个头，大地上就光彩重生了，田里的庄稼仿佛从梦里醒来，精神抖擞，披着一身的露珠。胡婶早早地站在村东的路口，花白的头发上，金色的阳光欢快地在跳舞。她本来有些佝偻的身子也仿佛庄稼一样，挺直了些，眼睛直直地望着土路的尽头。

不知过了多久，反正太阳已经升到了玉米秆的尖儿上。这时，远远的路上，腾起一股浓浓的尘土，胡婶略略后退了一些，用手拢拢了头发。一辆大客车腾云驾雾般地开了过来，在她面前鸣了下喇叭，便驶了过去。怔怔地看了会儿，胡婶的腰又弯了下来，待飞尘散尽，她似乎不知该做些什么，一会儿看来路，一会儿又看去路。这时，儿子从村里跑出来，喊："妈，回去吃饭了！"

胡婶这才像重拾了魂儿，慢慢地踱到儿子身边，母子俩踩着一地的阳光，向家走去。儿子问："妈，你一大早上这儿来干啥？"胡婶眼里亮了一下："等你爸爸回来！"儿子笑："我爸早晨去铲地，早回来了，咱家的地在西头，你跑东头来等啥？"

这是胡婶第一次出来时的情景。那以后的每一天，她都会早早地在太阳升起前，来到村东头的路旁，那个时候，要早起去田里忙活的胡叔，也是刚刚起来。有时，天下雨，也挡不住胡婶，只在头顶蒙一件衣裳，站在雨里，直到看那趟汽车开过去，才在儿子的呼唤声中回家去。

在家里，胡婶看见胡叔，也没有什么惊喜的表情。直到吃过早饭，胡婶才会像想起什么，去洗脸，然后到院子里喂鸡。这个时候，胡叔笑眯眯地在一旁看着，问："我在家呢，还天天去村东头等我?"胡婶也笑，嗔道："没良心的，早知就不等你了，让你回来找不到家，找不到我!"满院的鸡在撒欢儿着吃米粒，胡婶回头瞥一眼胡叔，说："歇会儿去吧，一会儿还要去地里干活!"儿媳已经开始往屋里抱柴火，准备午饭。

胡叔在床上歪了一会儿，和胡婶闲唠会儿，就起身扛上锄头去田里。太阳已经热起来，胡婶在门口看着胡叔走出村口，才叹口气，转回身来。仿佛一下子抽走了精气神，眼里也蒙胧起来，念叨着："今天没回来，明天早晨一定该到了!"

于是第二日，还是重复着头一天的经过。一个夏天这样过去，半个秋天也这样过去。胡婶眼中的路上尘起尘落，她眼中的庄稼也是绿了又黄，那辆车也是来了又去，终于有一天，她的身影没有出现在清晨的路口。胡婶病倒在家里，一病不起，病入沉疴，弥留之际，握着胡叔的手。那是一个上午，正是每天里吃过早饭的时间，胡婶眼中依依不舍："再不能去等你了，我到那边等吧。你歇会儿，一会儿还要去地里干活!"

这个上午，胡叔没有在胡婶的目光中去田里。他一直看着胡婶的目光重又蒙胧，紧握着她的手，看到她眼中重又亮了一下，手也被紧握了下，然后，胡婶闭上了眼睛，手也慢慢地松开。胡叔犹若未觉，仍紧紧地攥着，一脸的眼泪。

胡叔年轻的时候，刚刚结过婚，便离开家，去随着县里的工程队四处干活。他写信告诉胡婶，回去的时候，一定带回很多钱，坐着汽车。于是每天的早晨，胡婶便开始盼着望着。后来，胡叔回来了，没有坐汽车，也没有拿回来钱，一直闷闷不乐，好长的时间才缓过来。胡叔再没离开家，像所有的庄稼人一样精心地种地，只是胡婶知道，他心里一直不安生，因为当年答应自己带钱回来，要坐着大汽车。

一年年过去，胡婶在去年的时候得了间歇性的老年痴呆症，随着一天天的发病，每天清醒的时间也越来越短。今年的时候，她只有每天上午吃过早饭的一个小时才是清醒的。而她从今年夏天开始，就早早地起来，去村东头的路边，等着本应许多年前开过来的大汽车，等着那个日夜想着的人。

而胡叔，也是每一天都等着吃过早饭的那一个小时，好和胡婶说一说自己心里的话。

第十个

年关将至，呼啸的北风在这个城市里肆无忌惮地横行着，吹得街上的行人缩着脖子快步疾走。李林站在火车站前的广场上，看着熙熙攘攘的人群发呆。这个时候的旅客大多是回家过年的民工，有的欢天喜地，有的神色黯然。

李林也是个进城打工的民工，在建筑工地累死累活地干了一年，到头来却没拿到工钱。包工头说今年的钱上面也没结算，只好等到年后了。李林的口袋里只剩下买一张回家车票的钱，他一想到全家老小眼巴巴盼他挣钱回去的眼神，竟不敢去买票，因为他不忍看到家人失望。

在车站徘徊了许久，李林决定去找包工头理论一番。他怒气冲冲地来到包工头办公的地方，到了门前心里忽然就怯了。他摸出一支烟点着，不停地给自己鼓劲儿，终于勇气又上来了，他把烟头一扔推门而入。屋里煞是热闹，四个人正在打麻将，面对包工头李胜，李林的勇气又泄了，怯怯地和他商量能不能先借点钱回去过年。李胜只顾打麻将，仿佛没听到他的话。他的火噌地便上来了，提高嗓门又说了一遍。李胜这回听到了，只简单地说了三个字："滚出去！"李林一瞬间有些发蒙，待想明白过来便头脑一热，一脚蹬翻了麻将桌。还没等他反应过来，四个人已把他打倒在地上。

当李林一瘸一拐地再次出现在站前广场上，天已近黄昏，他口袋里连买票的钱也没有了。他在心里恨恨地想：他妈的城里人，全是吃人不吐骨头！既然已经这样了，他决定报复一下城里人。他哆哆嗦嗦地摸出仅有的一支烟，一边抽一边想办法，他不相信城里一个热心人都没有，决定先找十个城里人试试。他主动去帮他们的忙，看他们会是什么态度，如果都看不起民工，就休怪老子手下无情了！他狠狠地把烟头往地下一扔，刚想行动，猛听身后一声大喝："乱扔烟头，罚款！"他回头一看，一个戴着红袖标的老太太正向他跑来。他撒腿就跑，全然忘了身上的疼痛。他跑回工地上，捡了一根半米长带尖头的钢筋揣在怀里，心里全是恶狠狠的念头。

当李林又回到广场上时，那个老太太已不知去向，他向着出站口那边走去。他在出站的人群中搜寻着，专挑城里人打量。他看准目标，那是一个看起来很斯文的中年男人，两手各提一个皮箱，肩上还挎着一个大包。李林走上前，说："我帮你拿东西吧！"那人狐疑地看了他一眼，然后一声断喝："滚！"李林一愣，今天已是第二次听人对自己说起这个字了。他摸了摸怀里的钢筋，恨恨地想，先忍，等到十个再说！

他就这样抱着帮别人的态度去找那些城里人，耳朵里灌满了"滚""流氓""山炮"等侮辱性词语。已经八个了，再有两个，他就要动手了！他正寻找着第九个目标，忽然身后有人叫他，还是个女人的声音："哎！"他惊回头，一个三十岁左右的妇女提着一个大箱子站在那儿，正冲着他笑，见他回头，说："哥，帮我提一下箱子啊！"他几乎不相信自己的耳朵，这个称呼是在城里一年来第一次听到，也是最温暖的声音！等那妇女又说了一遍，他才忙不迭地答应着，伸手去拎那个箱子，激动间怀里的钢筋差点儿掉出来。

妇女紧紧地跟在李林的身旁，不时地和他说着话，这让他有一种受宠若惊的感觉，同时涌起巨大的感动。而怀里的那根钢筋也越来越冷，他真想把它扔掉。正走着，迎面来了一个二十岁左右的女孩，穿得时尚而前卫，这让李林很有些担心，在这刺骨的寒风中，她穿这么少冻坏了怎么办？身边的妇女一见那女孩立刻跑上去，女孩亲热地说：“姐，我有事儿来晚了些，你没事吧？”妇女嗔怪道：“还说！刚才有两个人盯上我了！”女孩紧张地问：“那你是怎么摆脱他们的？”妇女向后努了努嘴，小声说：“我临时找了个老实的乡下人，装作和他认识的样子，那两个人就走了！”

虽然她的声音很小，李林却一字不落地全听见了，他刚有些温暖的心又慢慢冷起来，就像怀中的那根钢筋。他走上前，一言不发地把箱子往她们面前一放，转身就走，要去找那倒霉的第十个城里人。刚走出不远，身后有脚步声，回过头，那个女孩正赶上来，他充满敌意地看着她，女孩嫣然一笑，说：“大哥，谢谢你！别怪我姐啊，她人其实挺好的！我爸爸原来也是乡下人，他刚来城里的时候和你一样呢！我喜欢你们！”说完，她又笑了一下，转身走了。

李林站在那里，忽然感觉心里有什么东西轰然倒塌了。他发足狂奔起来，在将暮的大街上，直跑到无人处才停下来，已是满脸的泪水。他拿出那根钢筋，向远处用力地抛出去，心里一下子轻松起来。他擦了擦眼睛，向着这个城市的深处大步走去！

还你三小时

有一个四十多岁的女人，穷困潦倒，孑然一身，而又身患重病，在慈善医院里孤独地度着最后的日子。

她躺在病床上，回想自己并不漫长的一生，却是充满着那么多各种各样的痛苦和磨难。那些快乐过、幸福过甚至轻松过的，如一滴水蒸发于沙漠中，无迹可寻。她难过地闭上眼睛，两颗混浊的泪滑过脸庞。

忽然，她觉得有人站在病床前，艰难地睁开眼睛，面前一个年龄和她差不多的男人正凝视着她。她没有亲人，没有朋友，可眼前的这个男人是谁呢？迎着她诧异的神情，男人微笑了一下，说："别奇怪，我就是来找你的，我们曾经认识的！"

她绞尽脑汁，把可怜的回忆翻了个遍，也没有找出这个男人的影子。男人提示着她："十年前，在一个小城的火车站！"

她脑中忽然一亮，仿佛一道闪电划破浑噩的回忆。十年前，她流浪到一座小城，和现在一样潦倒，是的，她的生活，似乎从没有顺心过温馨过。她匆匆地要赶往另一个城市，准备在这个小站乘车。小站很是冷清，几乎没什么人，连候车室都没有，只在临街有个售票的小窗口。

站前很是寂寥，她还没有来到售票窗口前，一个与他年龄相仿的男人忽然出现在她面前，问：“请问，你要买去哪儿的车票?”她说了自己要去的地方，男人说：“哦，那辆车要三个小时后才有呢！现在还不到卖票时间!”

于是她就坐在街旁的台阶上等，当时已近黄昏，空气中还残留着日间的酷热。远处已有人在三三两两地散步，这些陌生而温馨的场景，从来都与她无缘，更多的时候，她只能是这样痴痴地遥望。

不知什么时候，那个男人也坐在了她的身旁。她淡淡地问了一句：“你也在等车?”男人点点头说：“是呀，我要乘的那辆车也在三小时以后才开!”就这样有一搭没一搭地闲聊起来，她有些奇怪，在这个陌生的小站，在这个陌生的男人面前，她的话竟变得多起来。两人说得越来越多，互相讲述着生活的遭遇，有一种同是天涯沦落人的感慨。她完全没有对他设防，萍水相逢，三小时后就会各奔东西，无须顾虑。

她从没有和别人说过那么多的话，也从没想过，讲着自己悲惨的经历，语气是那么平静，就像讲着别人的故事。而男人在倾听之余，也动情地讲着自己的经历，两个陌生的人，在这样一个特定的情境，用彼此的倾听温暖着生命的苍凉。

三个小时很快过去，他们各自继续自己的漂泊。他们彼此也报过姓名，那三个小时的交流，只是人生长路上的一个插曲。她也曾温暖过一阵子，可随之汹涌而来的生活的沉重，很快将心中的那一点温暖驱散，就像从没有过那一个静美的夏日黄昏。

此刻，往事如潮。她认出了这个男人，也记起了他的名字。只是看他的样子，不复当年的颓废，而自己，却是在垂死病中，于是又黯然几分。男人说：“你知道吗？当初我欺骗了你，你要乘的去那个城市的火车，当时就有一趟，我却说三个小时后才有。我这样做，只是为了让你多留三个小时！”

她吃惊地看着他，他接着说：“那时的我，穷途末路，这些当时都已对你讲过。我走在堕落的边缘，很想向别人倾诉一场，于是便有了后来的三个小时。一直没有对你说感谢，要是没有你，我如今也许正在监狱中。那个傍晚，我感受到了久违的温暖，而这份温暖，是你所给我的！虽然现在我依然过得不是很好，可我的心情却再也不是黑暗的，而且觉得每一天都在变得更好。这十年的时间，我们又都多了许多经历，让我们再一次彼此讲讲吧，就像十年前那样！”

她的心又一次被触动了，回望这十年，仿佛只是不变的落寞与凄凉。心中生起许多年不曾有过的冲动，想把这一切向眼前之人诉说。他们就那样平静地说着，外面又是日落西山，一个酷似从前的黄昏。

她费了好大的劲儿，终于把这十年的琐碎讲完，心里不由得轻松起来，仿佛病痛也已远去。她躺在床上，静静地听男人讲他的故事，满脸的安详与恬静。慢慢地，她闭上了眼睛，卸下所有的重负，她走得轻松而温暖。

时间，整整过去了三个小时。

换 暖

腊月的风如杀猪般在窗外号叫着，叫醒了炕上的老两口。老李头蜷在暖暖的被窝里不想动，老李太太却一边穿衣服一边隔被踹了老李头一脚：“快点儿，车就要开过来了！”

老李头嘟囔着：“去那么早干啥？也没人抢你的！”

老李太太白了他一眼，说：“老人说过，多受点苦，后辈儿就多享点福，咱们多冻一会儿，孩子就能多暖和一会儿，说一百遍你也记不住！”

两人收拾停当，各夹着一个旧丝袋，手里都拿着笤帚和撮子，老李头则多了一杆点着了的烟袋。一推门，大雪就像扯碎了的棉花套子从天上掉下来，两人呼着团团的白气，裹挟着一身的雪花向不远处的土路上走去。

他们就站在路边，天已经放亮，浓密的雪花遮住了向远处看的目光。老李头狠吸了一口烟，说：“我说出来得早了吧？”

“能冻死你？”老李太太说，“这么冷咋没把你的烟冻灭呢？”

烟袋锅里的烟叶在风雪中固执地燃烧着。这时，几声汽车喇叭声穿透呼啸的北风传了过来。两人立刻后退了几步，引颈张望。一辆大卡车从东边远远地开过来，像一团移动的影子。车速慢了一些，可能是因为土路不平整，加之雪厚，车时快时慢地颠簸着从他们身边驶过。

这是一辆装满了煤的军用卡车，随着颠簸，许多煤块纷纷滚落下来。两人看着车跑远，就像融进大雪里没了影儿，才各自向着一个方向沿路去扫拾那些煤块儿。两人其实并不老，也就五十左右的年纪，可是长年的农事操劳，风吹日晒雨淋雪打的，使得看上去就像七老八十的样子。

当天大亮起来，村里的狗叫声此起彼伏地传来，两人已经各自背着一丝袋的煤会合在刚才的等车处。老李头的烟袋像枪一样别在腰上，老李太太脸上全是笑意：“今儿比每天都多，看来这场雪下得真好！”

来时的脚印已经被雪填平，两人深一脚浅一脚地回到自家的院子。院子西侧有一个小小的仓房，老李头一脚把门踹开，把一丝袋煤哗啦一声倒进去，然后接过老伴儿的那一袋也倒了进去。老李太太伸头往仓房里看了看，里面已经堆了不小的一堆煤，于是脸上的笑就更灿烂了。

从房后抱了一捆柴火，老李头进屋后开始烧炕点炉子。老李太太兀自一脸的笑，问：“你说，再捡上半个多月的煤，等儿子放假回来，够不够烧一个月的炉子？”

老李头低哼一声：“就你能惯着他！从小就在这屋里长这么大，也没冻坏，就你咸吃萝卜淡操心！”

老李太太却说：“那不一样，儿子上大学，住的是楼房，屋里热乎着呢！这都习惯了，冷不丁回家，肯定受不了！再说儿子这是第一年去上学，放假回来，咱们家咋的也得整热热乎乎的！你这死老头子是不是没长心？咱们也就起早出去那么一会儿，又冻不死，让儿子好好在家过个年能怎么的？”

老李头低下头，偷偷地笑了一下，继续烟熏火燎地往灶坑里塞柴火。不一会儿，炉子也点着了，炕也暖了，两人盘腿坐在炕上吃早饭，屋里渐渐地暖和起来。

外面依然是风吹雪舞。就在刚才的那条路上，在很远处，在军用卡车里，两个年轻的小战士正在闲聊。旁边坐着的问开车的："怎么每次经过这个屯子你的车开得都不那么稳当了？"

开车的战士说："那是我故意的。你没看到天天都有两个老人站在路边等着吗？他们就是想捡些咱们车上掉的煤，我开得不稳当，就能多颠下一些煤去！我想起了自己的爸妈，他们也在农村，很不容易啊！咱们掉那点煤不算什么，对他们来说可能就是一天的暖和，用那点煤换来两个老人的暖和，我觉得挺好！"

两个人沉默下来，心里却都充盈着一股暖意，便忽然觉得，用那一点煤换来这种心里的温暖，真好！

清风流过八月

每到八月，是他最难熬的时候，他不到二十岁，体重却已突破一百公斤。不管骄阳似火，还是阴雨连绵，他都会汗出如洗。于是整日窝在室内，对着空调，不愿挪动一步。

父亲是一个探险旅游爱好者，每年这个季节，他都会出去一段时日，或徒步走险地，或去野山探古寻幽。父亲见儿子这副模样，便提议他同自己走一趟，说不但可以减肥，还可以出去散心。他一时心动，便和父亲踏上了未知的旅途。

几乎是一出去他就开始后悔，不说汽车里的憋闷燥热，下了车后，所有的路途都是步行，这可让他尝尽了苦头。起初的时候，走的是一片草原，多少还有些新鲜感。八月的草原正是一派欣欣向荣，各种动物出没，确是增添了不少情趣，让他一时忘了疲累。可是没过多久，草原走过去，面对越来越荒凉的大地，他疑惑不已。

当一胖一瘦两人走进沙漠，八月的太阳才显出真正的威力。他几度坐在滚烫的沙子上，是父亲硬将他拖起。父亲的确厉害，二百多斤的重量，一只手愣是把他拽了起来。不知过了几日，带的清水所剩无几。他开始惊慌，从常识中可知，没有了水，在一望无边的沙漠里，意味着什么。父亲似乎也没有了先前的镇定，这更让他惴惴不安，并极度后悔此次出行。

这一日，视野中出现了稀奇的东西，那是一小群骆驼。他心神为之一振，父亲也来了精神，给他讲解着眼前这一小群骆驼，说这是一个家族，并指出哪个是父亲，哪个是母亲，哪些是孩子。他听得津津有味，同时也对父亲渊博的知识而由衷钦佩。父子两个跟着骆驼群慢慢地走，仿佛也没有那么热那么渴了。渐渐地，他有了疑问："爸爸，骆驼是沙漠之舟，怎么它们走得无精打采的?"父亲也发现了问题，仔细观察了一会儿，说："它们有麻烦了，它们身体里的储存似乎耗尽了，看它们现在的样子，似乎正在寻找水源，咱们跟着走吧!"

他涌起了希望，听说骆驼对水的敏感度是极高的，一想到水，身体里就像着起了火一样。跟出了半天的时间，忽然，骆驼的速度更快了，父亲叫上儿子："快，它们可能找到了!"他一下子鼓起力气，大步向前。

骆驼群终于停了下来，父子俩也远远驻足。那些骆驼围成了一个小圈，都向前俯身探头。有水！他几乎就要冲过去了，父亲拉住他："你想把骆驼吓跑，全害死?"他用力咽了口唾沫。那些骆驼围了一会儿，就急躁起来，似乎并没有喝到水，由于距离有些远，他和父亲并没有看到水。只好远远地观望，骆驼们忽然又聚在一起，头碰头地，不知在做些什么。过了一会儿，所有的骆驼都轮流用头碰一只骆驼的头，那只骆驼，正是父亲口中所说的父亲。

然后，骆驼又散开，围成一个小圈，忽然，远远地传来嗵的一声。他们看见有水花溅起很高，在阳光下闪出一片诱人的光亮。那个骆驼父亲跳进水里了！其余的骆驼都仰头，然后又俯下身去。过了许久，骆驼们站起身，开始赶路，它们走得很慢，不时地回头张望。

直到它们没了踪影，父子二人才走过去。那里果然有水，一个小小的湖，确切地说，应该是一个井的样子。原来那些骆驼够不着水面，才会以牺牲一头骆驼的代价来拯救全体。两个人站在那里呆住了，经过骆驼们的一通进补，水面又极低了，依然可以看见水底那个骆驼父亲的尸体。他忽然问父亲："爸爸，这种情况下，你会不会像那个骆驼父亲一样，跳下去使水面升上来，让我喝到水？"

父亲一愣，抚了抚儿子的头，脱了鞋，他一惊，说："爸爸，你还真要跳呀？咱们可是有智慧、会使用工具的万物灵长——人类！"说着，从背包里翻出衣服裤子，系在一起，父亲见了，说："你还智慧呢？咱们有绳子，拴在水壶上，放下去就能灌满水了！你还想用衣服往上绞水呀？"

打上来的第一壶水，他恭敬地递给父亲。有风吹过，他忽然觉得不那么渴了。这一刻，他一点后悔的心思都没有了，反而有些庆幸，如果不是出来这一遭，他不会明白父亲对他的爱。他知道，遇到更艰难的境遇时，父亲一定会将生的希望留给他。他在心中，将这个八月称为神圣八月。

妈 妈

在麻栗坡老山前线，几个战士躲在猫耳洞内喘息着。阵地依然在敌人手上，他们一个连的战士冲锋了几次，遭到了敌人猛烈火力的抵抗，阵地没有夺回来，战士也只剩下了这几个。

其中有个叫林锋的战士，他从怀里掏出一个日记本来，借着外面炮火的闪光匆匆地写着什么。旁边的一个战士探过头看了一眼，只见他写着："妈妈，我……"火光便熄灭了。休整了一会儿，他们又发起了一次冲锋，可是敌人的火力太强，他们被迫又退了回来。林锋又掏出了小本本，用铅笔写着什么，旁边的战士探过头看了一眼，依然只看到："妈妈，我……"便又是漆黑一片。

后来，后方部队来援，他们成功地夺回了阵地，并乘胜向前挺进。林锋一直冲在最前面，虽然身上已多处负伤，却不能阻止他冲锋的脚步。每次战斗的空隙，他都要在日记本上写下几句话。

天刚放亮时，全面的大反攻开始了。林锋冲出掩体，向敌人的阵地扑去，身边的许多战士倒下了，他视而不见地大步向前。忽然，一颗子弹射中了他的头部，他倒下了。在地上，他吃力地掏出日记本，用尽最后的力气写下了一句话，便永远地闭上了眼睛。

战争胜利后，林锋的母亲来到那里的烈士陵园，在儿子的墓前久久地站立着。她的手上拿着那个小日记本，每一页上都写满了同一句话：“妈妈，我还活着！”只是在后面的一页，写着另一句话，一句被鲜血染红的歪歪斜斜的话：

“妈妈，你要好好活着！”

太阳岛上

父亲那时每喝完酒，都会感叹着说："在哈尔滨，最好的地方就是太阳岛了，全国都出名啊！"

那年我八岁，父亲一年中有大半年时间在工程队干活，走过很多地方。当时正流行郑绪岚演唱的《太阳岛上》，歌中唱道："明媚的夏日里天空多么晴朗/美丽的太阳岛多么令人神往/带着垂钓的鱼竿/带着露营的篷帐/我们来到了太阳岛上……"不知勾起了多少人的向往之心。

于是在一次父亲酒后，我问他："你去过太阳岛吗？你咋知道那是哈尔滨最好的地方？"父亲便略低下头说："没去过，不过肯定是能去的！"那年父亲所在的工程队要去哈尔滨修江桥，他兴奋得无以复加，用力地拍着我的肩膀说："小子，这回你爹可真要去太阳岛喽！"

夏天的时候父亲写信回来，说过几天他们要放两天假，正好可以去太阳岛瞅瞅，还说远远地看那里，全是绿色，里边肯定要比歌中唱的还好。那以后我日日盼着父亲的信，想听他讲讲太阳岛上的事。竟是一直没有信来，也不知他去太阳岛没有。

秋天的时候，父亲回来了。我和姐姐就都问：“你去太阳岛了吗？那上面好吗？”父亲就说：“当然去了，嘿，真是太好了！”我们就不依不饶地问：“那到底好在哪儿呢？”父亲也说不清楚，问他上面可有歌中说的弹琴的小伙子和穿泳装的姑娘，他说：“反正人挺多，干啥的都有！”我们就说：“你是不是没去啊，回来骗我们！”父亲急了，说：“咋没去？那门票要五块钱一张呢！”说着从口袋里掏出一张纸来，在我们眼前晃了晃：“这就是门票！”我们看了一眼，上面果然写着“5元”的字样，还有一个红红的印章，没等细看，他就收回去了，说：“别让你们弄坏了，这可要留作纪念呢！”

自那以后，父亲每次喝酒之后，更是慨叹太阳岛的美，说得我们心中痒痒的，暗暗决定以后一定要亲自去看看。父亲也是常说：“等有机会我还要再去看看，这次要看得仔细些！”可是父亲终没有再等到机会，工程队那几年转而向大小兴安岭施工，再也不去省城了。后来父亲的一条腿被砸伤，不能再出去干活了，而我们的小村子离哈尔滨又极远，他再去太阳岛的梦想就一直没有实现。

后来，我去哈尔滨上学，到了那儿的第一件事就是去了一趟太阳岛。也许是期望过高，并没有想象中的美丽迷人，心中便有了失望。可是在给父亲的信中，我还是把太阳岛的风景描绘得天花乱坠。姐姐来省城看我，我们又去了一次太阳岛，并照了许多相片，姐姐说：“回去我一定给爸好好讲讲，他现在喝完酒还总念叨呢！这么多年了，他一直都没忘！”我们相视一笑，心中却涌起一种异样的情绪。

那年暑假，我回到家，父亲一见我就用力地拍着我的肩膀，说：“小子，爸没骗你吧？那太阳岛是不是很好？”我使劲儿点头。那天我陪父亲喝酒，话题总是不离太阳岛。父亲喝醉了，躺在炕上口中还不住地说着：“太阳岛，就是最好的地方！”

我和姐姐默默地看着酣睡的父亲，眼睛都有些发湿。当年我们就曾偷偷地翻出父亲那张太阳岛的门票，其实那是一张随地吐痰的罚款单收据，父亲从来就没有去过太阳岛。

鞋

体育课上，林然受到了老师的批评。那是新生入学的第一堂体育课。

老师严厉地问："你怎么不穿学校发的运动鞋？"

看着脚上那双母亲缝制的布鞋，林然用很小的声音说："我的那双鞋丢了一只！"

同学们都笑了。这个理由也太勉强了，一听就是假的，哪有偷鞋偷一只的？

体育老师大怒，把这个情况反映给了林然的班主任梁老师。梁老师找到林然询问，得到的仍是同样的回答："左脚那只鞋丢了！"看着这个乡下来的孩子，梁老师叹了口气没有再说什么。在这所重点高中里，贫困的农村学生也有一些，像林然这样的学生，自尊心都是极强的，所以梁老师并没有批评他或者让他再买一双新鞋。

快入冬的时候，天气一天比一天冷。梁老师到一家鞋店准备买双棉鞋。刚一进去就听见一片吵嚷声，听着声音有些耳熟，便走过去，一看，果然是林然！他正红着脸站在那里，而一个卖鞋的人兀自在那里数落个不停。

梁老师便问卖鞋人："这是我的学生，请问发生了什么事？"同时他心里想着可别是林然要偷东西吧！

卖鞋人有些气愤地说："你说这个人，看也看好了，价钱也讲好了，竟然要用讲好价钱的一半买一只鞋！和他说不卖一只鞋，要买就得买一双，他又没那么多钱，你说这不是成心捣乱嘛！"

梁老师闻言也是一愣，这孩子到底想干什么？他把林然拉到一边，说："告诉老师，为什么只买一只鞋？还有，上次学校发的运动鞋怎么少了一只？"

沉默了一会儿，林然终于说："老师，我是给我爸买鞋呢！我爸去年上山拉石头，被砸断了右腿。冬天冷了，我想给他买一只暖和的棉鞋。学校发的运动鞋，也是我给了爸爸了！"

"傻孩子，你不知道这鞋不能单只卖吗？要买就得买一双呢！"

"我没买过鞋，以为可以买一只呢！老师，我真的不知道呢！"

梁老师忽然问："你见过我父亲吗？"

林然点点头，梁老师的父亲同学们都远远地看见过。每天的黄昏时分，梁老师就用轮椅推着父亲在校园里散步。听同学们说，他父亲也是残疾人，在对越自卫反击战中负的伤。

梁老师说："巧了，我父亲只剩下一条右腿，我也是给他买鞋的，你父亲穿多大号的鞋？"

林然眼睛一亮："42号！"

"太好了！"梁老师兴奋地说，"一样的大小！咱俩正好可以合买一双鞋，一人一只，每人只花一半的钱！"

林然也激动起来，他一点也不怀疑梁老师，因为他的父亲的确也是残疾嘛！于是买了鞋，两人都高兴地各拿一只鞋回去了。林然也知道梁老师是有意帮他，以梁老师的条件，完全可以单独给他父亲买一双贵一点的鞋。所以他对梁老师很感激，而且两人心照不宣地把此事当成了秘密。

就这样，每年的换季时节，梁老师都会约林然去买鞋。林然给父亲买鞋的钱，都是从饭费里省下来的。而梁老师也深知他的难处，每次买的鞋都是那种既便宜又实用的。

高中三年就这样过去。买鞋的事也成了林然和梁老师心底最温暖的秘密。林然的心里感动万分，是啊，梁老师既帮助了他，又很小心地不去碰触他那敏感的自尊与自卑。

毕业离校那天，林然去梁老师家向他道别。这还是他三年来第一次到梁老师家去。正看见梁老师推着他父亲在路上缓缓地走着。他父亲坐在轮椅上，满头白发，身上盖着一条薄毯。秋风把毯子的下摆吹起，林然的眼泪立刻涌了出来。

在那毯子下面，空空荡荡，根本就没有腿。

信

李大叔最近很是兴奋，退休这几年来终于新潮了一把，买了电脑上了网。按说这也不算什么新鲜事，只是放在李大叔身上，就是大事了。他烧了一辈子锅炉，没什么大文化，却也把儿子供出了大学，如今在广州也混得风生水起的，这让他很是欣慰。

李大叔老两口就这么一个儿子，现在离得那么远，难免挂念。儿子李然也很懂事，说再过两年买了房子就把他们接过去。李大叔一听总是连声说不，李大婶知道后也是一个劲儿地摇头，他们可不想离家乡那么远，用李大叔的话来说，就是万一死在别的地方，闭不上眼睛。

有一天，李大叔给儿子打电话，问了一番生活和工作的事，便说打电话总觉得飘，不如儿子上大学时写来的信看着实在，让儿子抽空给他们写几封信，没事时拿出来看看也是好的。李然却说："爸，现在寄封信到家时间太长了！这样，我给你们买台电脑，上网，然后再给你申请个邮箱，以后我写信发到你邮箱里，很快的。我写完你就能收到看到！"

于是电脑进了李大叔家，当李大叔棒槌一样的手指放在键盘上时，李大婶在一旁一个劲儿捅他，意思是别把东西砸坏了。本来李然想给他们申请个 QQ，这样可以随时聊天，后来考虑到老父亲学打字的困难，虽然有语音视频什么的，估计他们也学不会，即使学会了，老父亲也会觉得飘，跟电话一样，也就父亲在那儿嚷嚷，便也就算了。

当李大叔拿出烧锅炉的劲儿终于把怎么登录邮箱看邮件学会时，儿子的信便真的来了。那个晚上，老两口趴在电脑前，逐字逐句地看了很长时间。这时，又来了一封新邮件，儿子的第二封信，说，信收到了吧？快吧？以后我就常给你们写信！

自那以后，儿子的信总是接二连三地发过来，每天晚上，老两口都守在电脑前看信，特别是李大婶，看得更是认真。于是李然趁热打铁地教会了父亲看附件的方法，这样他就可以发些照片给他们看了。老两口既能看信又能看到儿子的照片，觉得很是满意，确实比打电话强多了。只是时间一长，李大叔那种飘的感觉又上来了，总觉得有什么不对劲儿的地方。特别是晚上躺在床上，两人睡不着时，那种感觉尤为强烈。

后来，李大叔就又给儿子打电话，说："要不，你还是写封信寄回来吧，在电脑上看着有点不一样，也不是你写的字啊。你妈特别想看你写的字！"李然听了父亲的话，想了想，说："这也容易办到，不过不用寄，你们继续看我发的邮件里的附件！"

晚上的时候，老两口又上了网，打开邮箱，果然有儿子发来的邮件，打开附件里的图片，两人惊奇地发现，竟然真是儿子手写的一封信！看着熟悉的字体，看着那一句句话，李大叔一拍大腿："这才叫信！看着舒服！"李大婶也是笑着点头，然后便收不回目光了。

只是过了一段时间，晚上一关掉电脑，李大叔就觉得有一种失落感，就像儿子的信一下子被撕掉了一样。他想着再和儿子说说，还是把信寄回来，却是李大婶制止了，李大婶的意思是，儿子在外那么忙，还天天写信寄信的，多麻烦！

这一年春节，李然很难得地回老家陪父母过年。李大叔两口子乐坏了，有一天，他们出去买菜时，李然翻找一些自己以前的东西，结果发现在父母的床下有一个箱子。打开来，竟是以前上学时自己给家里写的信，都被好好地保存着。另外，居然还有厚厚一摞打印纸，翻开一看，他呆住了！那是他手写的信拍成照片后发给父母的邮件！居然都被打印出来了！他很难想象父亲是如何做到的，一定是问了不少人，最后才成功的！

父母回来后，他问了父亲这事，父亲说："主要是你妈晚上睡不着，就想看你的信，只是以前的信看得遍数太多了，又不能总守在电脑前，还怕你往家寄信麻烦。我问了邻居张老师，他帮着我把你的那些信的照片弄出来，再去打印出来。这样，你妈天天晚上都能看你的信了！"

李然闻言心里一暖，又一疼，面对母亲微笑的脸，他有一种想哭的冲动。母亲是聋哑人，她打不了电话，只愿意看儿子的信，在无眠的夜里。

偏　方

他嗜酒如命，不但在外面喝，在家里也喝，顿顿酩酊，天天沉浸在醉生梦死的虚幻之中。所造成的后果也接踵而来，不到三十岁的他形容邋遢，先是吹了好几个女友，后是丢了工作，这样一来，更是没了顾忌，仿佛酒是可以解脱所有烦忧的良药。

他的父母对此也是愁眉不展。也曾想过许多办法让儿子把酒戒掉，可是无论软的硬的，不管苦口婆心还是疾言厉色，他对酒的依赖却是雷打不动。其实在他内心的最深处，也是挣扎着的，只是那么无力，那么苍白。有那么一次，他下了决心，结果一整天也没喝酒，却是如大病一场般，甚至连床都下不了。酒对年轻的他，竟如毒品一般。

有一天，他母亲兴奋地从外面回来，对他父亲说："老头子，我弄到了一个戒酒偏方，听人说很灵，咱儿子这回有希望了！"父亲听了也是很激动，忙问是什么方子，可当他知道此偏方的内容后，却是犹豫不决。是的，这个方子让人不由得不生疑虑，所需之物竟是没长毛的老鼠崽儿，用这东西弄出来的酒，喝上一杯，马上可消除酒瘾，滴酒不沾。前提是要对戒酒人保密，如果戒酒人知道了那酒的来历，就不灵了。

他的父亲和母亲并不是担心这个偏方不灵，反正都已经失败那么多次了，多一次也无所谓。他们害怕的是，用老鼠弄出来的酒，会不会有毒，会不会对人体有害，毕竟这不同于以往的那些方法。两人思虑了好多天，最后一狠心，反正儿子这个样子基本上也毁了，就赌上一次，万一要是成功了，岂不更好？于是开始张罗着找老鼠崽儿，那些日子，两个老人拿着锹在野外挖鼠洞，终于，找到了刚生下还没长毛的老鼠崽儿。

酒泡好之后，他们又有些退缩了。他们找到一些认识的医生咨询，医生们却郑重地告诉他们，这种酒很可能有毒，千万不要尝试！两人都有些不甘，回去后，父亲想出了一个办法，把家里的家畜家禽抓来，一一灌下那种酒，一连两天，也没有什么不对的地方。心里稍稍有了些底儿，最后父亲拍板："没事！拿去让他喝吧！"

于是母亲把儿子常用来装酒的瓶子拿来，换上了他们制成的酒。晚饭时，她把酒菜送进了儿子的房间。自从儿子失去工作后，基本足不出户。收拾碗筷时，母亲发现酒已经被儿子喝了，心里有了几分期待、几分紧张，还有几分难过。

果然有了效果！第二天，送进房间的酒儿子一口没喝，看来这方子果然灵验！接下来的很多天，他竟真的不要酒喝了，只是仍躲在房里不出来。父母不放心，曾偷偷地看儿子的状态怎样，一看之下，发现儿子躺在床上，很虚弱的样子，就像得了大病。母亲担心地说："酒是不喝了，咱儿子别真是中毒了吧？"父亲说："没事！他是刚戒了酒，身体不适应，过一段时间就好了！"

真的如父亲所说，他的身体渐渐恢复了正常，脸上也泛起了红晕。精神也变得饱满起来，并且能走出房门，张罗着找工作。对于儿子这种巨大的变化，老两口背地里不知多少次喜极而泣。

几个月后，儿子已经完全恢复了正常。父母带他去医院，给他的身体做了一次全面的检查。毕竟暴饮了那么多年的酒，谁也不敢保证他身体落没落下啥毛病。检查的结果让一家人放下心来，他高兴之余，也强迫父亲做了全身的检查，也没什么问题。

出了医院的大门，他对着广阔的天地长长出了一口气，说："这回我就放心了！"母亲也说："是啊，你没啥事，我和你爸都放心了！"他却说："妈，我不是担心自己，是担心爸爸呢！"母亲不解地问："你爸有啥可担心的？"他看了看不语的父亲，说："妈，你们找的戒酒偏方，危险性也太大了，我老早就发现你们的事了！"

母亲一惊："啊？不是说当事人知道了就不灵了吗？你咋也戒成了呢？"他笑着说："妈，那酒我根本就没喝！世界上哪有什么戒酒的灵药啊，想戒酒都是要靠自己的！我能戒了酒，都是因为爸爸！"母亲问："和你爸有啥关系？"他的眼睛湿了，说："妈，你还不知道呢！那酒做出来后，爸爸用家里的猪啊鸡啊试过后还不放心，他就自己喝了挺多，就是为了让我能没有危险地把酒戒了！"

父亲擦了擦眼睛，拍拍他的肩膀："儿子，没事！不管咋的，你还是把酒戒了，这就是好事！你看，我身体不是一点儿问题都没有吗？"

他用力点了点头，说："所以，我没喝那偏方也照样戒了酒。你们为我做的一切，你们对我的关心，就是世界上最好的戒酒药啊！"

你记得我的生日吗

他是一个很内向的人，平时话不多，一般内向的男人都心细，可他却常常犯糊涂，做事也总是丢三落四。而她却恰恰相反，快言快语，做事干净利索，甚至有些泼辣，而且心细如发。

也许是性格互补的缘故，两人生活在一起十分和谐融洽。她像照顾小孩子一样照顾着他，大到出席一些重要场合，小到出门前穿哪件衣服，关心得无微不至。他对此感动不已。他对那些琐事没有丝毫的热情，他甚至不知道家里有多少存款，每次把工资拿回来往她手上一交，别的便不去想了。他所需要的东西，她会及时给他买回来，他有用钱的时候，她也会早早地想到。他一直都生活在无忧无虑之中。

那天，他们吵了平生第一次架。下班时，她问他：“今天是多少号?”他拿出手机看了看，说：“7 月 16 日啊!”她又问：“那今天是什么日子?”他想了想，摇头。她生气地说：“今天是我的生日啊！结婚这么多年了，你哪一年记着我的生日了?”他苦笑着说：“我连自己的生日都记不住呢!”她说：“也不知每天你都在想什么，连我的生日都记不住!”他说：

“可是，每年你都没有因为这个而责怪我啊！”她说：“可是今年开始在意了，我受够你的性格了！”两人便各自生闷气。

夜里，她忽然转身抱住他，小声说：“以后要记住我的生日啊！”他点头。她接着说：“就算记不住你自己的生日，记不住我们的结婚纪念日，也要记住我的生日！”他再次点头。她就这样抱着他睡着了，就像他会突然离开一样，抱得紧紧的。他心里第一次涌起一种愧疚之感。

那以后，她的工作忽然忙了起来，常常加班或者出差，人也瘦了一圈儿。每次回来，她都要问他：“我的生日是哪天？”一开始的时候，他都是茫然的样子，而她脸色马上便沉下来，看到她生气，他很是不解，以前她从不在意这些小事的啊！可他不忍惹她生气，便把她的生日记在纸片上随身携带。可即使如此，他还是常常忘记。有一次，她从外地回来，进门没说上几句话便问：“我的生日是哪天？”他一时想不起，便从口袋里拿出那张纸片看，她夺过那张纸片，撕碎，然后看着他的眼睛说：“我要你记在心里，而不是写在纸上！”看她郑重的神情，他用力地点头。

他终于记住了她的生日。每次她问：“我的生日是哪天？”他都会应声而答：“1971 年 7 月 16 日！”她便面露喜色。几次之后，她便不再问了。她了解他，他要是记住了的事，便一辈子都不会忘。

他很是高兴，因为又快到她的生日了，今年一定要给她一个惊喜。结婚好几年，还没主动给她过一次生日呢！可是，那一天终究没能到来。在离那天三个月的时候，她忽然倒下了，再没能起来。弥留之际，她拉着他的手说：“家里的存折在床头中间的柜里，密码就是我的生日！”

她近一年前便得了绝症，只有几个月的生命。她频频地加班和出差，是想为他多留下钱。她知道，他是个不会照顾自己的男人，只能多给他留下些钱了。

从此，那个日子便成了他心底永远的追思，永远的疼痛。

温情的谎言

2000 年的夏天，我在市里的医院住院，第二天，病房中住进一个中年男人，长得极威猛，一副络腮胡子透出一种霸气，让人望而生畏。陪护着他的是一个老实巴交的女人，一看就知道是他的妻子。女人性格温顺，男人似乎毫不领情，动辄对她破口大骂，说她败家，一个肚子疼的病也要住院，纯属是拿钱打水漂。而女人亦是默默，不分辩半句。

男人上午做了检查，一时诊断结果还没出来。下午，我正和医生在办公室里闲聊，那女人进来了。还没等医生开口，女人就一脸焦急地问："大夫，他得的是不是癌症啊?"看她的神情，极紧张极激动，就像随时都能发疯发狂。医生犹豫了一下，说："不是。从检查报告上看，只是直肠有些炎症。"女人似乎松了口气，却立刻对医生说："大夫，求求你，如果我丈夫问起来，你就说他得的是直肠癌!"我和医生都是一愣，还没见过这样的家属，一般的患者家属都要求对患绝症的亲人保密，哪有把病往严重说的?见医生沉吟不语，女人忙说："大夫，没事的，我知道他这个人，他能挺得住，他才不在乎这些呢!求求你，你就这么说，我保证他不会有事!"医生问："你为什么要这么做呢？"女人腼腆地笑了笑，说："大夫，等他好了出院的时候，我肯定告诉你，你就答应我吧！"医生终于点了点头，女人一脸喜色地走了。

当我回到病房，听见女人正对丈夫说："虽然到了晚期，医生说也能活上几个月呢！你也别着急！"那男人情绪暴躁起来，嘟囔着骂道："他妈的，一个肚子疼还弄出癌症了，不行，我得问问大夫去！"说着，甩脱女人的手大步走出病房。过了好长时间，他回来了，神情也变得凝重起来，径直上了床，躺在那儿发了好长时间的呆。最后，他翻身坐起，对女人说："没事儿，你别害怕，不是还能活好几个月吗？咱家的钱也够你和儿子生活了！"女人露出一丝微笑，说："没准儿还能治好呢！有人得了癌症还活了十多年呢，你这么结实，肯定也没事儿的！"男人听了她的话，竟是破天荒地没有骂她，还抓起她的手，说："以前总是对你张口就骂，现在想想，你跟着我净遭罪了，以后还要把这个家撇给你，唉！"女人的眼角湿了，低声说："只要你没事，就算骂到老我也听着！"我看这次女人的神情不是装出来的，她真的被丈夫的话感动了。

接下来的日子，男人对女人变得好起来，连说话也一改以往的粗声大气，这种变化让人很是惊讶，而女人装出来的伤感也掩饰不住内心的喜悦。他们相敬如宾，有时分不清是谁在护理谁。可见人之将死，才想到了去珍惜眼前的一切，才想到去珍惜那个和他相濡以沫的人。我忽然明白了女人的意图，她这么做的目的，也许正是想让丈夫对她温柔些好些，看来，这个女人也是很聪明的。

没过几天我就出院了，想想这对中年夫妇，就觉得很有意思。我还想到，要是男人最终知道了女人伙同医生骗他，会不会对她更加倍地痛骂？只是，能有这几个月的温柔时光也就足够了，我想那女人也是这样想的吧！

三个月后我回医院复查，还特意到原来的病房看了看，却没见到那对中年夫妇，他们已经出院了吧！医生告诉我复查的结果后，我向她问起了那对夫妇，她却叹了口气说：“挺好的夫妻，只是那男的死得太快了！”我大惊，问：“他怎么会死呢？他怎么死的？”医生说：“死于直肠癌晚期，就活了两个多月！”我更加迷惑，问：“当初不就是炎症吗？这到底是怎么回事呢？”医生摘下眼镜，慢慢地对我说出了事情的经过。

那个男人本来就是直肠癌晚期，那女人来问结果时，医生见她太着急太激动，就暂时没告诉她真相。及至女人提出了那个要求，医生便隐约猜到了她的用意，便也就答应了。当那男人来问医生时，医生就如实地把病情告诉了他，因为医生觉得这个男人能承受得住，倒是那女人会经不起打击。医生也告诉了男人他妻子的计谋和用意，男人便央求医生不要告诉女人真相，他一定会在最后的日子里对她好的。这件事从始至终，被蒙在鼓里的，只有那女人。当女人从男人日渐虚弱的身体中觉察出一切时，男人已经到了弥留之际，她的泪水长流不绝。

那一天，在九月的阳光下，我的心被温柔地击中，忽然觉得这世间的一切真情都是那么美好、那么地直入人心。那种爱，就是生命中最灿烂的花朵，历久弥香。

妈，我把药买回来了

那个六月的上午，冬子走出家门的时候，心里很是兴奋。因为妈妈终于让他出来做事了，这还是第一次。虽然他已经十二岁了，虽然他已经上小学一年级了。

就在十分钟之前，卧病在床的妈妈把冬子叫到身边，说："妈妈头疼得厉害，你去帮妈妈买盒药！"然后妈妈将药名重复了十遍以上，让冬子记住。又叮嘱他先去鞭炮厂找爸爸要钱，再去药店，路上注意躲车。临出门前，妈妈还告诉他："一定要买回来，别买错了，要不妈妈就疼死了！"

冬子轻快地向鞭炮厂走去，边走边背着药名，怕忘记。找到爸爸，爸爸给他拿了钱，并夸奖了他，又细心地嘱咐一番，才让他离去。顺利地买了药，冬子想了想，觉得应该把剩下的钱给爸爸送回去，便又回到了鞭炮厂。他心里很是激动，终于能帮妈妈做些事了。走进厂子大门，他右手高举着药盒，脸上的笑容灿烂无比。就在这个时候，惊天动地的一声巨响，然后就像被什么东西砸倒在地上，他忙看手上拿的药，却发现药盒没了，而且，连右手都不见了！再然后，冬子就昏了过去。

鞭炮厂仓库的大爆炸，夺走了冬子父亲的生命，也将冬子的右手化为虚无。在医院里清醒过来的时候，姑姑正坐在他身边，冬子看着秃秃的右臂大哭，喊："药呢？我给妈妈买的药呢？"这个时候，他还不知道，自己失去了比药更宝贵的右手的后果。她对姑姑说："我还去买药，妈妈在家头疼呢！"

出了院的冬子，才知道爸爸死了，才知道妈妈得知他们出了事情后，急痛之下发病也死了。可他却固执地认为，妈妈是没有吃到自己买的药，才死的。冬子从此成了孤儿，生活在姑姑家。过了一年，冬子十三岁了，依然在上小学一年级。每天放学，他都会去药店门前转悠一会儿，嘴里念着那个已经念了一年的药名。他甚至捡那些饮料瓶换钱，去买那种药，他的书包里，有许多盒药，可是却再也找不到妈妈。

十四岁的时候，冬子还在上一年级，书包鼓鼓的，除了书本就是药盒。下课的时候，他会问同学们："你妈妈头疼吗？我这儿有药！"同学们嘲笑他，将他的药扔得满地都是，他自己慢慢地去捡。把药给不了自己的妈妈，他开始想把药给别人的妈妈了。

再后来，冬子慢慢恢复正常，终于在二十岁的时候读完了小学，又用了一年的时间读完了初中，用两年读完高中，便告别了校园。又打了几年的工，其间又自学了许多药物的知识，最后在市里一家大药房当营业员，对于各药品和相关说明书倒背如流。

冬子出生后智力发育缓慢，医生说，要到二十岁之后才会达到正常人的标准。十二岁那一年，他的智力相当于五六岁的儿童。

每一年六月的那一天，冬子都会去父母的坟上，烧过纸，拿出一盒药和三元钱，说："妈，我把药买回来了；爸，这是找回来的钱！"

利　斧

爷爷是木匠，一生用过无数的斧子，他似乎对斧子情有独钟，这不仅表现在他斧子活儿干得极好，甚至那些木头在他的斧子下会有锯子锯出的效果。更主要的原因是，他一有闲暇，就会在那块厚重的磨石上磨斧子，磨同一把斧子。

虽然爷爷的斧子更换了无数把，也备了许多把，可我们发现，有一把斧子他从未用过，而且一有时间就精心地磨，斧子极锋利，有时觉得刃薄了，爷爷就会拿到铁匠那儿，加钢重新淬火再打磨。那是一把极精致的斧子，斧头成方，斧刃如弯月，最美的是斧柄，是一种深红色的木头制成的。我们这些小孩见了也觉可爱，可爷爷碰都不让碰一下。

于是在家族内纷纷有了猜测，而爷爷后来几年的举动，则让这些猜测升了级。不久，我们一大家子搬到了相隔很远的另一个小镇，奶奶便在那时去世了。事情就发生在奶奶去世之后，那时爷爷便在给别人打家具时，开始四处打听一个人，至今我仍记得那个人的名字，叫潘又如。由于爷爷都是在很远的地方打听，所以我们无法获悉更多。

有一次，家族的成员们齐聚我家，便又闲说起了爷爷的事，当时爷爷正好外出干活。二婶说：“我看咱爸打听的这个人，一定跟他那把不让人碰的斧子有关！”老婶受到了启发：“那人不会是咱爸的情敌吧？咱爸那斧子是报仇的利器，而且咱妈去世后，他才敢去找人家算账！”老婶的话立刻遭到了老叔的严厉斥责。老姑猜测道：“会不会是咱爸偷了人家的斧子，现在岁数大了良心不安，想给人还回去？”这个想法得到了好几个人的赞同，不过二叔却说：‘不太可能，还是仇人的可能性较大！”二姑则语出惊人：“我觉得那个潘又如应该是个女的，可能是咱爸年轻时的老相好，那斧子就是当年的定情信物，咱妈一过世，咱爸就迫不及待地持信物去再续前情了！”她的话招来她的兄弟姐妹们一通白眼。

爷爷自己不说，谁也不敢问，这反而极大地锻炼了家族成员们的想象力。这一晃又是几年过去了。有一天傍晚，爷爷从外面回来，满脸喜色。他这次出去干活历时最长，见他兴奋的神情，当知事情有了指望。母亲第一时间将这新闻传播给族内各人，于是翌日一早，族人们都以看望爷爷为由赶来。可是爷爷似乎无心与儿女们多说，匆匆吃过饭，带上那把斧子出了门，嘴里还哼起了二人转。大家愕然，父亲说：“还是跟个人去看看才好，别闹出人命来！”二姑笑道：“见仇人哪有兴奋得唱二人转的？”老婶说：“找了许多年的仇人找到了，能不高兴吗？”

最后一致决定由老叔去跟踪。由于爷爷不管去多远的地方都骑自行车，所以倒不愁跟不上。老叔化了装就带着大家的期盼出门了。直到天快黑了，戴着大檐帽和墨镜的老叔才回来，气喘吁吁地说：“跟了 30 多里的路，来回 60 里，咱爸 60 多的人，真有体力！到了一个村子，咱爸进去，我没敢进。等爸出来时一点儿喜气儿都没了，骑车奔了村西头的坟地。在一个坟头前好像哭了，坐了大半天，把斧子还埋在了那儿。后来见他要回来了，我就先回来了！”

老叔的讲述遭到了大家的强烈谴责，说他笨，不知回头去村里打听一下潘又如，只知在坟地外面傻等。正说着，爷爷回来了，大家立刻噤声。爷爷神情极平静，看了看大家，又盯了一眼老叔，说：“这些年你们就猜这点事儿吧！不是什么大事，你们不问，我也没告诉你们。我十几岁的时候，在一个屯子当短工，那儿有个风俗，过年的时候，给别人家送斧子，就是送福的意思。我没想到也有人给我送，就是潘又如，他比我大了几岁，是地主家的孩子，是我的少东家。可他人好，从不欺负我，他送了把最好看的斧子给我，还给了我许多钱，对我说，你走吧，学点手艺，在这儿也干不出啥来，我爹还不一定给你钱。最好的斧子给你，以后你就有最好的福享了。我初一早晨就走了，临走时对他说，以后我真有了福，一定把这把最好的斧子给你送回来，让你福上添福。那些年我也找过他，他却在‘文革’后就搬走了。只是你们妈在时，不让我跑远路打听，怕我又干活又赶路的累，所以她死后，我才开始四处找，没想到，找到了，他也过世三年了……”

大家听了，心里的谜团终于解开了，有些惭愧，也有感动。

紫丁香下

当东风吹笑了沉默一冬的河流，河边那一小片紫丁香便在阳光下绽放了丛丛簇簇的花朵，空气中流动着氤氲的香气。天刚放亮，老邓便从不远处的家里出来了，走向这片丁香林。他用脚步抚摸遍林中的每一处土地，晨练的人们便多了起来，他便站在林边，望着一河金光闪闪的流水出神。

老邓并不老，不到五十岁的年龄，可是一直单身的他风尘困顿，两鬓已有了霜雪的痕迹。在别人眼里，他是一个性格怪异沉默寡言的人。这片紫丁香就如他的命根子，他什么都可以不在意，只有这些丁香树，花花叶叶仿佛都连着他的心。最初的几年，花开的时候，有人来游玩，发现有折花的，老邓可以上去拼命。

有人质问："这是你的吗？这片土地是你的吗？"他眼如铜铃大声说："树都是我栽的，就是我的！"久之，也便没人再去摘那些美丽的花儿，老邓也就如身边的小河一样平静下来。

当别人在林中赞叹丁香花开得美时，老邓脸上会出现难得的笑意，他坐在一棵树下，脸如解冻的河，流淌着温暖。

太阳已经老高，老邓依然站在林边，一个小女孩远远地走来，走进花丛之中，极仔细地看着那些花儿，脸上全是向往的神情。过了一会儿，女孩来到老邓身边，怯怯地问："爷爷，我可以摘几朵花吗？"

老邓下意识地摸了摸自己的头发，罕见地没有发火，眼前这个八九岁的女孩让他的眼神飘忽了一下。女孩继续说："我只摘几小朵，已经挑好了！"

老邓用难得温柔的声音问："你摘花做什么呢？让它开着不是更好吗？"

女孩神情黯淡了一下，又兴奋起来："我找到了几朵五瓣的花，你不知道吧？五瓣丁香能带来幸福，这是书上说的！"

五瓣丁香！老邓的心仿佛被什么温暖地击中，他想起遥远的当年，也是这么大的一个女孩，同他一起去很远的地方寻找五瓣丁香，在那个曾经生活着的大院子里，他和那个女孩算是相依为命，他们约好要一直幸福地生活在一起。

一丝笑意自然爬上了他满是风霜的脸，他问："你要把五瓣丁香送给谁呀？"

女孩的眼中复又满是悲伤，说："送给我姐姐，可是她死了，我要放在她坟上，让她在另一个世界里也能幸福！"

女孩告诉老邓，她是孤儿，姐姐并不是亲姐姐，是福利院里的另一个孩子，大她五六岁，对她很好，可是，却生病死了。老邓的心再次被触痛了一下，他拉着女孩的手，一同在林子里找到了许多朵五瓣的花儿，看着女孩微笑的脸，他说："我们挖一棵树苗来，一起栽到你姐姐的坟边，以后，她身边就会每年都有紫丁香开花了！"

女孩拍手叫好，一再地感谢老邓，老邓抚着她的头说："好好地生活，什么也别怕，爷爷曾经也是孤儿，就在你现在的那个福利院里长大的!"

夏天的时候，河边来了一大群人，四处勘查，老邓听他们说着，明白这里要修一个河边带状公园。便也没放在心上，依然走进自己的那片丁香林，花儿早已落尽，满树青青的叶子。

可是有一天，有人来到林边，后面有铲车什么的跟着，说是要平掉这片林子。老邓大怒，抡着铁锹护卫着自己的领地，不管对方怎么讲道理、怎么说这是国家的土地并不是他个人的，他也不去讲理，甚至躺在地上，声言要平林子，先从他身上轧过去。

大家找到附近的人打听，知道了老邓的怪脾气，也知道了这片林子在他心中的地位，便有老领导专门来和他谈心，可是他油盐不进，最后气得老领导说："莫说是一片丁香林子，就是你家的祖坟，为了国家的需要，也是要搬要平的!"

老邓却说："我家的祖坟，你要是能找到，就尽管平去，平这林子，除非我死!"

后来竟找了一个老邓的熟人来，来人是一个老太太，八十多岁的年纪了，被人搀着走到老邓面前。老邓一见，竟一下跪在了老太太面前，流着泪说："你知道，这是我为她栽的紫丁香，我说什么也不能让这片林子毁了!"

老太太叹息着走了。老太太就是曾经的福利院的院长。

让老邓感到奇怪的是，好多天没有人再来找他，而河边别处正在轰轰烈烈地施工。有一天，老太太又和一些人来了，对他说："林子不平了，留着，就当成公园里的一个景点。他们说了，这个景点就让你来维护，还给你开工资，不过你要每天负责打扫公园的卫生，你愿意吗?"

老邓一怔，声泪俱下："我愿意，我愿意!"

每天每天，从清晨到日暮，人们都会看到老邓在公园里劳作，闲暇时，就坐在丁香树下，望着一河流水出神。

大家都知道，那紫丁香下，有着老邓的回忆，有着他深刻在心底的故事。可是，却从没有人知道，这些紫丁香下，就埋着那个女孩，那个当年和他约好要幸福地生活在一起的女孩。

错出来的美丽时光

我曾把那一年定义为“自卑年”。刚刚考上县里的重点高中，从农村出来的我，面对校园里的红男绿女，面对城里学生的各种优越，仿佛突然闯入一片以前从未想过的天地，只觉得与这里的一切都那么格格不入。自卑之情油然而生，而更令我走向黑暗的是，以往自己赖以自豪的学习成绩再也回不来了，尽管付出了那么多的努力，却再也无法如过去般独领风骚。

就这样日复一日地重复着相同的心境，不知这种日子会向未来延伸出多远多深。极少与班上的同学交谈交往，同宿舍的也如熟悉的陌路人。我用沉默将自己困囿，抵御着周围各种异样的目光。可毕竟青春的心绪如遮挡不住的悠悠绿水，渐渐地，我喜欢上了班里的一个女生。

就连这样的喜欢也是沉默而寂寞的。那个叫晓琰的女生坐在第一排，每天每天，我的目光都会无数次地轻抚她温柔的背影，编织着内心深处太多悲欢离合的情节。甚至，自习课时我还会偷偷地写一些情诗，那是一种永远无法开口的表白，一种深锁的情感。同桌的女生有时会好奇地探头过来，想窥视我纸上的千般思绪，我都极快地掩住，怕遭到别人的嘲笑，怕影响那个美丽的身影。

那些封闭的日子，对晓琰的想念成了黑色时光中唯一的一抹亮色。有一次在办公室里，偶然看到晓琰的个人资料，便牢牢地记住了她的生日。那个日子在初冬，我开始挖空心思想送她一份礼物。没事的时候，我在本子上写下一些礼物的名称，一一思量，无法取舍。此时，我已不在意同桌女生的偷看，毕竟写的不是情诗，她也看不出个所以然来。

直到晓琰生日的前一天，我才于仓促中决定，送她一个生日蛋糕。虽然俗了些，可我真的想不出别的，而且，我也不会署上自己的名字，只是想让她有那么一瞬间的惊喜，就足够了。那个晚上，揣着那点可怜的钱，跑了好几家蛋糕店，遭遇了无数白眼冷遇后，才买到一个极小极精美的蛋糕，上面只有“生日快乐”几个字，虽然它才比拳头大一点，可也会给晓琰带来短暂的幸福吧！

当晚自习结束，同学们散去后，我做贼般溜回教室，想把藏在书包里的蛋糕放进晓琰的课桌。可是，还没等行动，有同学回来取书，慌乱间我只好又放回自己的书桌，拿了一本书落荒而逃。回去后懊悔不已，但是没办法，明天再找机会放过去也是一样。

漫长的一夜过去，我早早地冲进教室。原以为是第一个到达，不想同桌的女生竟已经在了！她一脸笑意，手上拿着我寄予了无数情怀的蛋糕，那一瞬间，我头脑一片空白，惊慌、恐惧、羞愧，种种情绪纠缠不休！正不知所措，同桌女生却说：“谢谢你的蛋糕！我以为不会有人知道我的生日，没想到……真的很感动，这十多年来，这是我最幸福最开心的时刻，我也祝你快乐，祝你开心，考上理想的大学！”

我愣在那里。同桌的女生叫兰小然，我从未真正地观察过她，这一年多来，和她说过的话不超过20句。而此刻，她眼中闪着泪光，竟让我有了无由的感动。见我不语，兰小然说："真的谢谢你！放心，我不会告诉别人的，这是我一个人的快乐，一个人的幸福！"然后，她竟当着我的面吃起了蛋糕，并强迫我也吃了几口，小小的蛋糕，很快就被我俩吃光。她郑重地将盒上的彩带收进了书包，仿佛收藏起一份感动。等收拾完毕，同学们陆陆续续地来了，我们相视一笑，开始了早自习。

日子似乎一下子变了样，我和兰小然熟悉起来，常常共同讨论习题，再就是讲一下彼此以往的事。更多的时候，互相鼓励着，用大学的美好来装点我们的心境。她是我在那所学校唯一的朋友，是的，只是朋友，很好很知心的那种。

我自己也慢慢地变了样。曾经困囿自己的自卑沉默寂寞，都如水逝云散，阳光花香悄悄洇染，终于体会到了青春的美好与活力。学习成绩也飞快地提高，再不低眉垂首，也不再黯然神伤，而对那个依然温柔的背影，也没有了当初的伤怀与落寞。一切的一切，从那个蛋糕开始改变，从兰小然开始改变，这是始料未及的结果。

那以后的每一年，包括我上大学的那几年，每到那个初冬的美丽日子，我都会为兰小然送上一份祝福，我知道，如果没有她，没有那次误打误撞，我的生活我的际遇，完全会是另一种样子。

参加工作的第一年，兰小然从遥远的另一个城市写信给我，信中说："现在可以告诉你真相了！为了你，我每年都要把自己的生日拖后好几个月！知道你上高中时的一切，知道你喜欢晓琰，知道你想送她生日礼物，知道你的心境，所以，我夺走了属于她的蛋糕，只为接近你的内心，让你和我一起努力……”

心于巨大的感动中慢慢濡湿，回望前尘，我微笑着，两眼漾满了泪花。

让鸽子带我的爱回家

那时我酷爱养鸽子，家里的鸽子由最初的几只繁衍成一大群。每天的黄昏时分，它们都会在天空中飞上好一会儿，夜幕渐垂时才回到院子里。

有一个傍晚，当鸽群返回时，就发现多了一只陌生的鸽子。那是一只通体黑色的信鸽，我捉住它，在它的腿环上的数据中知道，它竟然是从山东飞过来的，那么远的路，真是难以想象。腿上还绑着封信，很小的一张纸，外面用塑料裹着。信中简要几句：“拾到死鸽，腿上有信，只是找不到地方，便又放飞一只，遇到者可以再帮传递一下，致谢。河北鸽友。1998年7月。”在这河北鸽友的字迹后面，竟有好多人补充，反正都是辗辗转转，有一年多的时间，直到这个山东鸽友传递到我手上。里面果然还有一个布条，开头写着一个地名，是内蒙某地，正文只有寥寥两行字：“妈，对不起，离开家五年了，还生我气吗？我回不去了，想你……”最后写着一个街道名就没有了，似乎是没写完。看那字迹暗红，极似用血写上去的，而且因为时间太长，字迹也有些模糊。

那个晚上，我一直拿着那两封信在看，在想着那是怎样的一个人，又是怎样离开家离开母亲，在外面的五年又是如何度过，又经历怎样的危险，现在是否还在人世。再想起最初的那只鸽子，不知飞转了多少地方，不知如何死去，而那些热心的人继续传递着这份无寄的信，那些温暖萦绕心中。而最让我兴奋并激动的，那个人写下的街道名，一定是我们这个县城的，因为那个街道名是以县城的名字命名的，我觉得那个人的家就在这里！

第二天，我一大早就出了门，去信上所说的那条街，却发现此地早已动迁，原来的街上，如今只是两个大工厂，根本没有住户。走在街上，却茫然不知该从何处去打听，虽然县城不大，但也有几万人口，要找一个人找一个家庭，也无异于大海捞针，信中留下的线索太少，真是很为难的事。忽然想到，那个人既然用鸽子传信，也一定是个爱鸽子的人，先从城里喜欢养鸽子的人家着手吧。幸好我认识同城的许多鸽友，便一一拜访，把那两封信给他们看，他们都想不起有谁家儿子走了没有音讯。很快，这个线索也中断了。

就这样奔走打听了一个星期，也没什么发现。可是，不能让这封信在我这里中断啊，特别是已经到了信的终点，连收信人都找不到，怎么能心安呢？而且，我也深为那个人而感动，怎么也要找到他的母亲。如果那时像现在这样有网络就好了，就会方便许多，现在我只能用最原始的方法去找。就在我一筹莫展之际，忽然峰回路转。

一天我去鸽市上闲逛，看中了一只观赏鸽，正在那儿欣赏的时候，身旁就来了一个中年人，也在那儿看着，并很专业地说出这种鸽子的种种习性。我一看是内行，便向他请教，他很健谈，说得我很有一种茅塞顿开之感。见我很虚心的样子，他忽然感慨道：“唉，我侄子当年也就你这么大，也很喜欢养鸽子！”我很直觉地意识到，可能那个人就是写信的人！于是急忙问：“那他现在干吗呢？养鸽子吗？”中年人又叹了口气：“我也不知道他怎样了！高考落榜后，打了几年工，在事故中断了一条胳膊，打那儿以后就越来越消沉。后来因为些事和他妈妈吵了一架，就离家出走了，亲戚全出动去找，没有一点消息。他爸死得早，是他妈把他拉扯大的，这孩子怎么能说走就走呢？”

我更确定中年人的侄子就是写信的人，于是把随身携带的那两封信给他看，他看了后也觉得这就是自己的侄子。只是单凭这样一个布条，也确实难以确定。我们留下彼此的电话，他就回去了，我想他一定是去找那个母亲商量。两天后，他打来电话，说决定去内蒙的那个城市打听一下。他告诉我，他的嫂子，也就是那个写信人的母亲去年就去世了。母亲身体本来就不好，儿子一走没有消息，她便整个垮了下来。可即使如此，她还要每年都出去找一次儿子，哪怕有一点线索，她也不放弃。去世的时候，她还叮嘱亲人们，下葬后，不要圆坟，那最后一锹土，要等儿子回来给她填上。

心里有了期待，希望他的叔叔能够找到他，或者了解到他的事情，以告慰所有那些用鸽子传递那封信的朋友，告慰他那个去世一年多还没有圆坟的母亲。这一等就是又近一个星期的时间，那个中年人终于又打来了电话，约我出去。在八月的河边，他说，他终于找到侄子了，只是，侄子去年的时候也死了，和他母亲去世的时间仅相隔一个多月。我震惊地问：“怎么回事？怎么死的？”中年人叹了口气，给我讲了他了解到的情况。

原来，那个人离家之后，一路历尽艰辛，来到了内蒙的那个城市，就在那里停留下来，虽然少了一只胳膊，可他下定决心，不混得好好的就不回去。因为他不想母亲再为自己操心，他要赚更多的钱让苦了一辈子的母亲生活得更好。许多次，他想写信给母亲，可是终究没有下笔，他觉得无颜，觉得愧对，而且，他不知道母亲会不会原谅自己。就这样开始了艰难的生活，起初两年，他就是靠捡破烂生活，后来积攒下一些钱后，开始卖鸽子，由于他对鸽子懂得多，所以生意越来越好。就在他想着回来把母亲接去享福的时候，一场大祸来临了。

一个傍晚，两个歹徒冲进了他租住的小院，最后的结果，他被刺了十几刀。当歹徒离去后，他挣扎着撕下被划破的衬衫，用自己的血写下对母亲最后的话，系在一只信鸽腿上。然后，他艰难地打开所有鸽笼，放飞了那些鸽子。在医院里，他对警察说，他只是一个孤儿，老家那边没有任何亲人。他不想母亲伤心，于是，他被葬在了他乡的土地上。

九月的一天，我和中年人去郊外，那里有一座长满青草的坟茔。是那个母亲的坟，孤零零在大地上，与几千里外儿子的坟一样。我们把那封信在坟前烧掉，中年人拿起锹，挖起一锹黑黑的泥土，盖在坟头之上。这个苦命的母亲，在去世了一年多之后，终于可以安眠了。

走出很远，回头看，坟头上的那一锹黑土很是醒目，像一只凝望的眼。

第 2 辑

暖
——心田里的感动

捕捉野猪的第六种方法

他是一个猎人，那时还没有禁猎，他技术高超经验丰富，是当地很出色的人物。后来，一起的一个老猎人很欣赏他，就把自己的女儿嫁给了他。那女孩长得漂亮，不过心里很是不喜欢这个父亲给定下的男人，却也没有办法，终于和那个男人走进了一家门。

两人婚后的生活平淡平凡，她对他也是平淡，似乎心里的火已经熄灭，认命一般就这样过着日子。男人也知道她对自己的想法，就变着法儿地哄她高兴。比如，打猎时带回一些动物的幼崽，她的确挺喜欢这些小东西，可是却很难驯养，不是夭折，就是在笼子里蔫蔫的没有精神，最后，她把那些小家伙全放掉了。等他再抓回来小动物，她也拒绝再养。

有一天，她却忽然问男人："你打猎这么多年，我问你，要捉住一头野猪都有什么方法?"

难得她主动和自己说话，男人立刻兴奋起来，如数家珍地说："最简单的，当然是用猎枪打伤，再把它捉住。再就是，在山上下套，能把野猪完整地抓住。或者挖陷阱也可以，这种方法用得也不少。"

他又思索了一会儿，接着说："再有，就是野猪夜里通常会下山，去拱一些人家的大门，这样，就可以用吃的把它引到弄好的地方，活捉住！"

女人数着手指："四种办法了，还有吗？"

男人眼睛忽然一亮："对了，最后一个办法就像我给你捉那些小动物一样，找到野猪的窝，把小野猪抱回来！"

女人向他询问小野猪一般都在什么地方出没，他根据自己的经验详细地讲解。然后，女人又问他没有别的办法了吗？他皱眉想了好久，也没有想到。女人似乎有些生气，便不再理他。

之后的日子依旧平淡如水，男人出去打猎，女人在家干活。四个月后，一个秋天的傍晚，男人回到家，忽然发现院子里有个动物正跑来跑去，细看竟是一只小野猪！他大惊，忙拿枪，女人从门里出来，大声制止他。奇怪的是，刚才还对他露出凶相的小野猪，此刻竟跑到女人身边，用头轻蹭女人的腿，很是温柔驯服。看着这一幕，男人的眼珠子差点儿掉出来。打了这么多年猎，从没看过野猪会有这样的一面，哪怕是一只很小的野猪。

进了屋，男人一个劲儿地问女人到底怎么做到的，到底在哪里弄来的野猪。女人说："我自己捉的！"男人不信，虽然女人娘家是打猎世家，可他知道女人的那两下子。可女人却认真地说："真的是我自己捉到的，不过不是你那五种办法里的，告诉你，还有第六种办法可以捉到野猪！"

男人好奇心大起，可女人就是不告诉他。男人急得抓耳挠腮，作为一个优秀的猎人，听闻到自己不曾知晓的狩猎方法，就像饥饿的人看见食物却吃不到嘴一样。

他苦苦地求女人，最后，女人很郑重地告诉他："要捉住野猪，不一定非要用你说的那些伤害野猪的办法！上次我问你小野猪会在什么地方出现，就是为了去捉。我每次去都带着吃的，给那头小野猪，好像这小野猪没有家人，不知怎么回事。我每天都去喂它，它吃东西的时候，我就在一旁看着，慢慢地，它就不怕我了，每天都在那里等我。三个月的时间，它长大了许多，却还是不怕我，在那里等我，我今天去喂它的时候，它吃完，就跟着我回来了！”

男人听完，吃惊地睁大眼睛，喃喃地说：“这样也行？”

女人叹了口气，说：“只有这样是最好的办法，不伤害到野猪。因为我和它有了感情，它就开始喜欢我，那三个月我喂它，就是为了培养感情。有了感情，它才心甘情愿地和我回来啊！”

男人听了心下震动，看着女人平静的脸，心里莫名地涌起一种难过的情绪。他仔细地回想女人的每一句话，第一次，他有了心疼的感觉。

有一天，男人回来，身后竟也跟了一头小野猪，他对女人说：“我终于明白你的办法了！”

女人第一次有了笑容。男人也笑了，心里暖暖的，他知道，他们的日子就要改变了！

冲　啊

午后，巷口，偏西的太阳将不远处一个气派大门前的两只狮子染成了金色，威风凛凛。

七八个小孩子，最大的不过十岁，小的六七岁，手里拿着玩具枪、木剑，带头那个大男孩一声高喊："冲啊！"他们便跑向巷口大墙根下的三个男人，无数只小脚把大地踩得"咚咚"响。

正冲着，年龄最小的男孩问："司令，那三个是坏蛋吗？"

大男孩脚步不停，神情严肃："肯定是。咱们盯了半天了，他们在那儿商量半天了，好像腰里还藏着武器，咱们要消灭他们！"

于是，这支小小的部队冲得更快了，武器高举。

三个紧张的大人显然没有注意到这支小部队的动向，他们正偷偷地打量有石狮子的大门。

小部队的脚步声终于引起了三人的注意，一时都愕然，其中一个把手伸进怀里，问："老大，怎么办？"

那个中间的老大却显然有了一丝笑意，伸手按住那兄弟的手，饶有兴致地看着冲向眼前的小家伙们。

几个孩子到了近前，显然是训练过，竟哗啦一下散开，呈半扇状将三人包围了。为首的“司令”大声喊：“举起手来！投降不杀！”手下的小兵们一窝蜂地喊“举起手来”。

两个小弟都看着老大，却见老大竟真的高举双手，便也都举起了手。于是巷口出现了怪异的一幕，三个大人在一群手持枪剑的小孩包围下，高举双手做投降状。

那“司令”愣了一下，显然没有想到敌人如此听话，很有些失望，只好说：“说，有没有干过坏事？”

老大可怜巴巴地说：“没有，没有，我们都是工地上老老实实干活的！”

“司令”不信：“那你们三个躲在这儿干啥？”

“快过年了，我们在这儿晒晒太阳，天天干活，正好歇歇，就要回家了！”一听到老大说回家，两个小弟的脸上也柔和了许多。

“司令”的脸色也缓解了，而他手下的小兵们却是显得有些不甘。

老大又说：“我儿子十一岁，手下也有好多兵，他是军长！”

“司令”冷笑了一声，“我是司令，正管着军长！黄毛也是军长，只听我的命令！”

那个叫黄毛的小胖子得意地一笑，举起手枪向天上开了一枪，立时一把沙子射向天空，然后纷纷扬扬落下，落在战友们的头上。小兵们都对这个“军长”怒目而视！

“司令”威严地瞪了手下众兵一眼，小手一挥：“撤退！”

小部队转眼跑远，消失在巷子深处。

巷子深处，大本营。黄毛问：“司令，那三人真不是坏人？”

“司令”侃侃而谈：“当然不是坏人了，没听见那人的儿子和你一样是军长吗？你爸可能是坏人吗？”黄毛很信服地点头。别人也一脸崇拜地看着“司令”。

巷口，三人放下手，老大又盯着巷子深处看了一会儿，大手一挥：“撤退！”

两个小弟愣了一下，随即脸上露出轻松的表情，问：“去哪儿？”

老大淡淡地说：“去工地收拾东西。回家过年！”

三个人肩并着肩，走进腊月难得的温暖阳光里。

第七束鲜花

在法国，有一个著名的小城叫阿尔，是凡·高曾经生活过的地方，每年都有许多来自世界各地的人在这里旅游度假。这里天蓝草碧，宁静和谐，似乎每一栋建筑都透出浓厚的艺术气息。可是很少有人知道，这天堂一般的地方，也曾有过血腥，有过悲伤，当然，也有人间的大爱。

在城南三十多公里处，一个很不引人注意的地方，有着一座小小的墓园。与众不同的是，此处没有松柏浓荫，只有一小圈的梧桐树，围绕着七座坟茔。这七座坟茔中，有六座都相邻很近，而第七座却在西北的角落里。居住在附近的老人都知道，最早的时候，这里只有那六座坟。

二十年前的一天，天空中飘着细细的雨，就在此处，默默地葬下了六个孩子。每一年的这一天，都会有一个女人抱着鲜花来到这里，依次放在那些墓前，静静地站上一会儿，再把最后一束鲜花摆放在西北角不远处的空地上。女人在四周都栽上了梧桐树，使得这个小小的墓园更为清幽僻静。第五年的某一天，天空依然下着雨，一座新坟出现在西北角的空地上。从此，女人的第七束鲜花不再空无所依。

那六座坟里长眠着的，都是女人的孩子，他们原来是欢乐的一家，她和孩子们在一起，就像生活在幸福的童话里，却从没想过有一天，她与孩子们会天人永隔。那一天，天气极晴好，怀着春天的喜悦与生机，二十一岁的艾斯黛拉带着弟弟妹妹们出去游玩。就在无垠的田野中，他们遇见了罗伊斯，弟弟妹妹们亲热地喊着“罗伊斯哥哥”，而艾斯黛拉的脸色却变得很冷。这个罗伊斯曾经是他们的邻居，是邻家叔叔收养的一个孤儿。罗伊斯从小就聪明过人，看什么书都能过目不忘，他比艾斯黛拉大一岁，常给他们讲书中读来的故事。随着成长，罗伊斯和艾斯黛拉渐渐有了爱情，少年时代的爱情，总是那么纯净美好，那是一段柔情似水的时光。

可是一切的改变都发生在罗伊斯离去的两年中。那一年，邻家叔叔病逝，罗伊斯告别了伤感的艾斯黛拉，只身去大都市中闯荡，他想要奔一个光明的前途。可是两年后，他落魄归来，艾斯黛拉依然喜极而泣。只是在不断的接触中，她发现罗伊斯变了，目光阴沉，思想消极，似乎全世界都在负他。在他的口中，再也讲不出曾经的那些美好故事，有的只是愤世嫉俗的抱怨。艾斯黛拉还发现罗伊斯变得极自私，而且十九岁的他开始酗酒。这让艾斯黛拉心碎的同时，也不能再接受他，便毅然与之分手。不管罗伊斯怎样求她，她都是态度决绝。最后，罗伊斯再次离开。

而今天的相遇，艾斯黛拉却从罗伊斯的眼中看出，他根本没有改变，如果说有，就是变得比三年前更阴暗潦倒。她想带着弟弟妹妹们回家去，摆脱掉这个给过她甜蜜也给过她失望的男人。可是罗伊斯却拦住她，要求与她重归于好。艾斯黛拉极为生气，再次拒绝了他。罗伊斯立刻翻脸暴怒，抽出一把尖刀刺向艾斯黛拉。艾斯黛拉就这样倒在血泊中，她眼睁睁地看着那个恶魔又挥刀扑向她的弟弟妹妹们。

就这样，六个孩子惨死，而罗伊斯逃之夭夭。女人含泪将孩子们亲手葬在他们遇难的地方，她的头发一下子就白了许多。那一年，她每天都要坐在孩子们的坟前，心里交织着回忆的甜蜜与痛苦，也有一腔的愤怒和无奈。可是一年后，在孩子们的周年祭日，头发全白的她却带了一束鲜花来，最后一束，放在西北角的地方。她对别人说："这个地方，是留给那个人的，他早晚都会回来！"别人问那个人是谁，她眼中闪着复杂的光，轻叹着说："那也是一个孩子！"

四年后，有人将罗伊斯的尸体送回来，他在城市里的一次黑帮械斗中身亡。没人愿意认领这具尸体，最后，是她挺身而出，把罗伊斯葬在了她留下的那个位置，葬在了自己孩子的身边。人们很是不理解，问："他害死了你所有的孩子，你还给他下葬，为什么要这么做呢？"她只是淡淡地说："我的孩子们在一起一直是快乐的，就让他看着我的孩子们在天堂里的幸福吧！"

每年送的第七束鲜花，都是给罗伊斯。有时路人也会问："这里葬的都是你的亲人吗？"她会茫然抬头，说："那边的六个是，这个不是！"后来，她常常对别人说："罗伊斯小时候很聪明，也很热心，是一个很好的孩子，他常来我们家里玩儿，我没有好好地管教他，他养父去世后，我也没有收留他，让他一个人跑去外边，变成这个样子。是我的不好，是我的不好！就让他陪着我的孩子们吧，也许时间长了，他还能给他们讲那些美好的故事。"

人们听了她的话，并没有觉得她很傻或者受了刺激，而是被她深深地感动。一个失去了六个孩子的母亲，却没有长久地让仇恨将心掩埋。她的自责，实则是对社会的一种考问。因为缺乏爱，因为社会的冷漠，让一个聪明的孩子变成了凶手。从这个角度看，罗伊斯也是受害者。

许多年后，那些梧桐树已经长得很高大，白发苍老的她依然在每年的那一天，带着鲜花来到这里。依然有人会问她，这里葬的都是什么人，她会抬起头，深情地看着七座坟茔，说："都是我的孩子！"

两把镰刀的决斗

那一年，我十八岁，秋天的时候去老叔家帮忙收地。田里种的大多是玉米，我们每天都挥舞着镰刀收割，气氛很是火热。那里民风很好，每家的活，全村的人基本上都去帮忙干，所以活干得快，也显得异常和睦。

这一天，我和老叔去给村西的李大爷家收割，到了地里一看，全村的壮劳力基本都来了。大家一边说笑一边挥动镰刀，一会儿工夫就割倒了一大片玉米。可是李大爷家的地极多，抬头望去，站立着的玉米秆一眼看不到边。不过，天还没过晌，大家也不急，总之是能完成的。我一边干活，一边听着大家说话，听来听去总能听到一个名字，玉茹。于是我悄悄问老叔玉茹是谁，老叔告诉我，玉茹是李大爷家的小女儿，今年二十岁，是全村最漂亮的女孩，许多小伙子心里都惦记着呢！我一笑，怪不得李大爷家的活会有这么多小伙子来帮着干！

休息的时候，我终于见到了玉茹的庐山真面目。当大家纷纷坐在割倒的玉米秆垛上歇着时，玉茹便远远地提着一大壶水走来了。看她高高的个子和走路的姿态，就知是一个美女。到得近前一看，果然是极美丽，透着一种纯纯的清秀。那些小伙子们的眼睛立刻都望向她，她大方地给每个人倒水，大家轮流用一个大水杯，小伙子们都是一饮而尽，仿佛喝的是琼浆玉液。玉茹一直微笑着看大家喝水，很大方的样子。一圈儿轮下来，一大壶水也喝得差不多了。玉茹将壶中剩的水倒出来，说："还剩一杯，谁喝？"

话音刚落，十多只手伸出来，纷纷要水喝。玉茹颇感为难地看了看大家，说："就这一杯了，你们人太多了！"有两个长得极结实的小伙子左右看了看，目光极是威严，立刻，那些人都把手缩了回去。两个人互相看了看，同时伸手去接那水杯，玉茹把手向后一缩，笑着说："你们两个到底谁喝？"两人收回手，互相瞪视着。穿红背心的小伙子低声问："你不服？"穿蓝背心的小伙子一挺胸膛，说："为什么服你？"两人面对面地站着，眼睛里像要喷出火来。

我很着急，心想这不是要打架吗？电影里常有这样为一个女孩而决斗的场面出现。果然，红背心忽然弯腰捡起一把镰刀，蓝背心一看，也拾起镰刀。两人手握雪亮的镰刀，对峙着。我想站起来去拉开他们，老叔一拽我，我左右看了看，大家都很平静地看着两个人，一点着急的神情都没有，一些上了年纪的，还掏出烟来点着，有滋有味地一边抽一边看。我不明所以，慢慢地坐了下来。

两个人的额头都绷起了青筋，红背心忽然大吼了一声，我吓了一跳，以为开打了。却见红背心和蓝背心同时冲向那片尚未收割的玉米地，两人镰刀舞得如雪花般，玉米秆纷纷倒地。我惊讶于他们的速度，他们像两个勇士在奋勇杀敌，身后放倒了无数的尸体。两人越割越远，进度不相上下。那些坐着的小伙子们开始大喊加油，玉茹端着水杯笑吟吟地看着。当时天蓝得极透彻，太阳还没爬到正当顶，有丝丝的风轻轻地吹着。又过了一会儿，蓝背心便有些落后了。他拼命地割着，想赶上红背心，可还是被越落越远。最后，蓝背心一看胜利无望，把镰刀一抛，颓然地坐在地上。大家发出一片欢呼，红背心也停了下来，把镰刀舞了两个花，慢慢地往回走，经过蓝背心身旁时，他伸出一只手，蓝背心也伸出手，两人用力握了一下。

红背心像个得胜的将军凯旋，玉妗笑着递过水杯，他抹了一把脸上的汗，接过水杯一饮而尽，大家又是一阵鼓掌叫好，他脸上带着得意的微笑。我心中最柔软的角落忽然就被这个场面击中了，有一种说不出的震撼。这样的决斗，是我生平第一次看到，没有流血没有伤亡，有的只是让人感动的竞争。抬起头来，天还是那样蓝，云还是那样白，忽然觉得，生活在这里竟是这样美好！

我深吸了一口带着清香的空气，和大家一起站起身来，握紧镰刀走向那片待割的庄稼。

流泪的猪娃

早晨的时候，猪娃便赶着一群猪到野外，猪们四散去觅食，猪娃坐在树荫下，一遍遍地数着那些猪。

猪娃这年十岁，她是孤儿，在村里吃着百家饭，从六岁开始，就给村里人放猪。那些猪渐渐地和她都熟悉了，每天早晨，她站在村中，稚嫩地喊上一嗓子，各家各户的猪便从院里跑出来。于是乡亲们都开始叫她“猪娃”，也没有几个人知道她叫什么，猪娃猪娃地叫着，日子便如河边的青草，黄了又绿。

整天地混迹于一群猪中，猪娃似乎已经习惯，她瘦瘦的，头发也发黄，看着那些圆滚滚的小猪长成大肥猪，她的心里很是高兴。仿佛那些猪是她的伙伴，是她的孩子，她照顾着它们，爱着它们。

上午猪们吃饱了，便纷纷躺倒在河边大睡。猪娃便从树荫下起身，跑回村头，站在小学校的教室墙外，听着里面上课。她听得比里面的娃们要认真，虽然大多听不懂，可她就是喜欢站在那儿听着。有时，她会捡一些别的孩子扔掉的作业本什么的，然后回到树荫下，用一根树枝，照着在地上写。

每年冬天的时候，猪娃都是最难过的时候。整个冬天，那些猪都是圈在各家的院子里，大地上冰封雪盖，再不用放了。她也同样整个冬天窝在房子里，想着那些猪。有了大把空闲的时间，她就继续在院子里，在雪上画那些字。虽然她不认识那些字，可是都会写。别的孩子都不和她玩，嫌她身上有猪味。邻居是个老校长，他看这个孩子愿意写字，有时就教她，还给她课本。

在冬天里，更让猪娃难过的是，就是腊月里，家家杀年猪的时候。哪家杀猪，她都要去看看，那些猪她都极熟，想着它们便悲从中来，流下眼泪。那样的时刻，她也看到猪的大眼中水汪汪的，就相信，猪也在伤心它的命运。猪娃从不吃猪肉，而且极讨厌痛恨。有时她觉得是自己害了那些猪，如果不是给它们放养得那么肥，也许不会被杀吧。

一年年，猪娃渐渐地长大了，只是在人们的眼中，她似乎永远是那个不变的猪娃，和一群猪在一起。她给每一头猪都起了名字，没人的时候，叫得欢快，猪们仿佛也能听懂自己的名字。于是，她常常叫着它们的名字和它们说话，甚至有时候，她会抓起小猪的前脚，教它们在地上写字。

当猪娃记满了两个小本子的小猪名字后，她已经长成了水灵灵的大姑娘。本子里记的猪，都是死在腊月里冰冷的屠刀下。她常常在夜里翻看那两个小本子，看每个名字，回想它们的每一个细节。

在一个腊月里，猪娃忽然就出嫁了，嫁到很远的一个村子。出嫁那天，那个小伙子吹吹打打来迎亲，猪娃一身盛装，走出小房时，围观的村人都惊得说不出话来，从没想到，这个在猪群里混迹的孩子，居然生得这么美，以前怎么就没注意到呢？有的本村小伙子，心里也是懊悔不已。

猪娃没有上车，而是站在村中间，用力地吆喝了一声，于是，家家户户的猪都不安生起来，纷纷跑出圈，用力拱着院门。人们打开了院门，猪们跑出来，围绕在猪娃身前身后，亲昵地蹭着她。她也不怕脏了嫁衣，用手抚着每一只猪，轻轻地叫着它们的名字。在这个腊月里，还没到杀年猪的时候，她心里还好受些。

上车前，看着那些猪，猪娃落了一地的眼泪。车开出了很远，那些猪才回到自家的院子。它们不会知道，以后再也不会有人叫它们的名字，带它们去野外觅食。

猪娃就这样嫁掉了。春天的时候，那些猪失去了目标般在村里乱窜，人们便会想起猪娃来。于是打听她的消息。可是相隔太远，什么也打听不到。

有一年夏天，猪娃回来了。她变化越发大了，再也看不到当年的影子。人们都有些认不出来，只是当她站在村中间，吆喝了一嗓子，才明白真的是猪娃回来了。只是，再也没有猪跑出来围绕在她身边。她看见，那些猪在院子里，只是偶尔向这边看一眼，便继续去睡觉了。

人们终于知道，猪娃在那个村生活得很好，而且是小学里的教师，天天教一些可爱的孩子看书识字。只是人们惊讶，这个猪娃，是什么时候会认字的呢？对此，人们疑惑不解，只有那个老校长微微地笑着。猪娃这次回来，就是来看老校长的。

弯镰如月

那时家在农村，最常见的农具就是镰刀。在外屋的壁上，挂着好多把各种式样的镰刀，木把磨得发亮、刀锋雪白锋利，闪着寒光。基本每一把镰刀都有着固定的主人，家里人多劳力多，农具分配也是人手一把。

最喜欢秋天的时候，田地里一派热闹欢腾的景象，收庄稼的场景总是让人兴奋。欢声笑语，间杂着马鸣牛吼，车轮碾轧泥土的声响，交织成丰收的画面。我家人多地多，干活的时候，来帮忙的人不少，也有一些看热闹的，只因为我家有小姑，小姑叫如月，是村里最美的姑娘，吸引着那些小伙子纷纷来帮忙出力。可小姑面冷，似乎很少笑过，在家里也是如此，可也似乎反而增强了她的魅力。

我最爱看小姑挥舞镰刀收割庄稼的样子，她常穿一件水蓝色的短袖衫，一条淡绿的围巾护住头发，手上的镰刀飞旋如花，脚下就躺倒了一堆的庄稼。热了的时候，她会把围巾摘掉，露出一条黑亮的大辫子，在秋阳下闪着细密的光泽。小姑也是村里唯一读过高中的女孩，据说上学时学习很好。起初的时候，小姑和村里的一个小伙子关系极好，他们是同学，我曾看过小姑对他笑，那笑脸美得让人难忘。

后来似乎就等着媒人上门提亲定亲了，可小姑终是没能等到。倒是两人从此断了交往，小姑一如既往地干活。只是在那个小伙子定亲的那天，小姑没有下田里干活，在家磨了一天的镰刀。小姑的镰刀与众不同，刀刃极弯，像天上的那钩新月，刀柄也短些，把手处用红毛线细细地缠裹，很是漂亮。家里人担心了一整天，留下我们几个大些的孩子，看着小姑磨刀。可是小姑却再没有什么反常的举动，只是手指被割出了血。第二天又照常去收割，晚上的时候，我细看墙上挂着的小姑的镰刀，那把手上的红毛线被血染得暗红一片。

小姑日益地沉默寡言，似乎是无悲无喜。有一个晚上，我在院子里，在月亮下给几个堂弟堂妹讲故事，小姑坐在那块青石板上听着，抬头看着天上那半个月亮。忽然，小姑说："你们看，这月亮像什么？"大家纷纷发挥着自己的想象，我记得那晚上的月亮有些发红发紫，也清楚地记得小姑后来说，那月亮像极了紫贝壳。那一年，小姑如月十九岁。

在记忆里，小姑还磨过一次镰刀，是那个小伙子结婚的时候。只是，这次没有割破自己的手，她一下一下地在磨石上反复地磨着，听着不绝于耳的唢呐声，就像在伴奏一样。也是那一年，家里人给小姑定下了一门婚事，小姑默默地接受了，不喜亦不忧。可这样一个最平常的婚事也终是成空，那个人家看不惯小姑冷漠的样子，便悔了婚。小姑也不在意。

有几年，村里的大姑娘小伙子都热衷于去城里打工，小姑也不为所动。我上初中那年，小姑结婚了。嫁了镇上一个年轻人，很憨厚的一个小伙子，当邮递员，十里八村地送信送电报。出嫁那天，小姑没有要家里的嫁妆，只是带着那把跟随了她好几年的镰刀。也是后来隐约听妈妈说过，那把镰刀，是当初和小姑好的那个小伙子亲手做的。

许多年以后，我看了很多很多的书，无意间了解了关于紫贝壳的所有传说和故事，无不深蕴着对美好爱情的一种渴望。便记起当年的那个晚上，小姑坐在青石板上，看着那半个紫色的月，无奈而又凄凉的样子。

前几年回到家乡，见到了小姑如月。她已经四十出头了，依然美丽，只是眼角也有了细细的皱纹。再不见了当年的冷，她的笑意很暖，把我的整个童年记忆也都焐热了。那是一个秋天，她陪我走在乡间的小路上，看着两旁田里挥舞镰刀干活的人们，她的眼神飘忽了一下。她曾经苛着的那把弯月般的镰刀，我再也没有看见过。

是的，见到小姑的笑，就是最好的安慰，最幸福的结局了。

盒中花

花在盒中，盒在炕头。我知道四婶炕头上的小铁盒里是花，因为我偷偷打开过。而且我还能认出两种花中的一种，是丁香，另一种却不知是什么。都已枯萎，也不知暗无天日了多少年。

当年四婶嫁到我家大院来时，很是让人惊艳，农村里这么会打扮的女人是少见的。三叔是在四叔成家后两年结的婚，当三婶进入大院，我们已不再是惊艳，而是震惊，其实三婶那时并没有刻意打扮，那是一种自然的美，一下子便让所有女人黯然失色。

四婶和三婶不和，四婶是咄咄逼人，三婶则唯唯诺诺，避免着一切可能发生的冲突。可即便如此，两人的关系依然是充满着火药味，大有一触即发之势。四婶和三叔是同学，夹在两个女人中间，弄得三叔很是疲于应对。四婶初中没念完就辍学务农，而三叔则读完了高中，三婶就是他高中的同学。

四婶初来时，便带着那个盒子。没人在意那个铁盒子，她也只是随意地放在炕头，不上锁。最早的时候，里面只有一朵干了的丁香花。另外一朵花，什么时候放进去的，就不知道了。

有一年，三叔得了一场莫名其妙的重病，去了许多家城里的大医院，都没有起色。于是，全家人开始收集各种土方偏方，那段时间，四婶和三婶之间的关系也暂时解冻。最后，三叔那病就像得时一样，稀里糊涂地好了，两个女人也恢复了敌对的态度。

一晃近十年过去，两个美丽的女人脸上也有了岁月的风迹霜痕，不变的，还是两人之间的对立。那个春天，三叔和三婶去了城里打工，一下子少了对手，四婶明显落寞起来，仿佛生活失去了目标。每天神思恹恹，很有些茶饭不思万念俱灰的感觉。

夏天的时候，四婶终于病倒了，虽不是很严重，可是却更显出了她的无边孤寂。那时我已读高中，一直以来对四婶就有着一种好感，也说不清为什么，虽然家里的许多人都讨厌她，可我却从她跋扈的外表下，看到了一种深深隐藏着的哀愁。于是每逢周末，我都会回家看四婶。

那天回来，家里人都去地里干活了，四婶一个人躺在炕上，正把那个小铁盒抱在胸前。见我回来，她笑了，我知道，她的心里也是喜欢我的。于是说话间便大着胆子问出了心中的疑问，四婶打开盒子，虽然多年过去，一丝淡淡的花香依然游荡出来。她说："这是五瓣丁香。采这朵花的时候，你三叔正要高考。在书上看到，说五瓣丁香能给人带来幸福好运，就去野外找了来。"她的眼神飘忽起来，仿佛映着那个柔美的春日。

我问："你怎么没把它给三叔呢？"

四婶眼神一黯："我拿着花去学校的宿舍找他，他不在，却看到他的床上已摆了一朵五瓣丁香了。我就拿回来了。"

她轻轻地叹了一声，我轻声问："是三婶送的?"

她点了一下头，我们都没有说话，心底都是各自涌起波澜。良久，我拿起另一朵花："四婶，这朵是什么花呢?"

"人们都叫它铁牙兰，是一种叶子像锯齿的草上开出来的。"四婶细细地看着那朵花，"学名叫什么，我就不知道了。这种草不容易找到，一般一片大草甸上，也就有那么几棵，当初我跑了好几天才采到。别人都说这铁牙兰能治百病……"

"啊，我知道了，是三叔有病那年……"我惊讶道，只是，我没有问为什么没把它给三叔。四婶也没有说，再一次沉默。

不知过了多久，四婶把那两朵花小心地收进盒子，盖上，慢慢地放在枕边，就像收拾起一份心情。暮色渐渐落下来，涌进屋里，而原本那一丝淡淡的清香却越发浓了。

请一定经过通山路7号

凌晓晨犹豫良久，终于拿起电话，又迟疑了片刻，才下定决心飞快地拨了119三个数字。电话接通的一瞬间，他有些紧张，一时说不出话来，直到那边很着急地追问哪里出现了火情，他才结结巴巴地说："对不起，没有火情，我想问的是，你们每天早晨的演习训练，能不能经过我家门前？"

电话那边似乎愣了一下，然后便不再听凌晓晨语无伦次的话，说："请不要占用火警线路，再见！"凌晓晨懊丧地敲了一下自己的头，恨自己准备好的话竟说得一塌糊涂。有心再打个电话过去，却没有了胆量，他知道被误认为骚扰火警电话的后果。

凌晓晨家在城北，在城南有个消防中队，相距十余里。他放下电话不久，就骑着自行车赶向消防中队，他实在不能再等了。到了消防中队的大门前，他对门卫说有事要找领导，于是，他被带到中队长的办公室。

这一次凌晓晨镇定了许多，并没有像在电话中那样无措，他问中队长："请问，你们是不是每天早晨都要进行出警演习和训练？"

中队长是一个四十多岁的英挺男人，他点头微笑：“对，这是我们每天都要进行的！”

凌晓晨又问：“那你们演习的出警路线在哪里呢？”

中队长说：“为了不惊扰市民的正常生活，我们都是从这里出发，直奔市南郊，而且尽量不拉响警笛。我们着意训练的就是出警速度，以便在接到报警电话后能在第一时间赶到火灾现场！”

面对中队长的耐心，凌晓晨的勇气又增了几分，激动地说：“我有个请求，你们可以去城北演习训练吗？如果去城北，请一定经过我家的门前！”

中队长一愣，还是很有耐心地解释：“去城北要跨越整个市区，打扰市民正常生活不说，而且时间较长，如果那时发生火情，队里的力量也许会不足！再说城北的道路不好，消防车经过很不便！”

凌晓晨着急地说：“你们可以派一两辆消防车去城北演习啊！”

中队长认真地看了看他，问：“你为什么要求我们去城北演习呢？还要经过你家的门前？你家住在哪里？”

“我家住在通山路7号！”凌晓晨回答。

“通山路7号？”中队长的眼睛一亮，“那你贵姓？”

“哦，我姓凌，叫凌晓晨！”

中队长猛地站起身，说：“好，我答应你，从明天开始，我亲自带一辆车去城北演习！”他竟然就这么痛快地答应了，而且没有再追问原因。

凌晓晨兴奋地连声道谢，并一再叮嘱：“请一定经过通山路7号！”

中队长拍了拍他的肩说：“放心，一定经过！而且我会在你家门前拉响警笛!”

第二天清晨，一辆红色的消防车向城北驰去。车里，驾驶员还在问着身旁的中队长，为什么要跑到城北去，而且去道路最难行的通山路。中队长仿佛没有听见，目光飘忽着越过了那一排排的民房。这里，已经是远郊，很少有楼房了。

通山路，并没有通向山，狭窄坎坷，消防车缓缓行于其中。通山路7号，一个再寻常不过的人家。中队长的眼中多了一抹亮光，亲手拉响了警笛。

接连三天，那辆红色的消防车都会如约在通山路出现，那高昂的警笛，也会在通山路7号门前嘹亮地响起。

第三天的下午，凌晓晨再次来到中队长的办公室，含着泪说：“谢谢你！谢谢你们！以后你们不用再去了，这三天已经足够了，我父亲再没有遗憾，今天中午，他已经走了!”

中队长缓缓站起来，向着北方，默立良久。

凌晓晨的父亲，曾在消防中队工作了十几年，后来在一次救火中负伤，一直卧病在家。再后来，他得了重病，最后的日子里，他时常一阵明白一阵糊涂，清醒的时候，总是喃喃自语，回想曾经的火热岁月，渴望再听到那熟悉而亲切的消防警笛声。

而这个中队长，就是凌晓晨父亲曾经的战友，那时他还是个热血青年，对那个兢兢业业的前辈崇敬有加。在凌前辈负伤的时候，他曾和战友们去他家里看望过一次，可后来便不敢再去了，他怕看见前辈眼中的失落和黯然。

那三天，每一天的清晨，消防警笛声一在门外响起，凌晓晨的父亲就会恬静无比，那三天他一直都是清醒的，仿佛所有的病痛都已远去。那个中午，他是含着微笑离去的。

凌晓晨的父亲出殡的那天，几辆消防车为他送行，那天的警笛声，响了很久。

痛苦可以使你远离地狱

那是一个深秋的夜晚，老约翰夫妇刚刚睡下不久，便被一阵急促的敲门声惊醒。老约翰披衣来到院子里，敲门声还在持续，他打开院门，门外站着一个年轻人。

老约翰吓了一跳，面前的这个年轻人脸色苍白，极长的头发零乱地披散在脑后，身体颤抖着，眼中射出阴冷的光。老约翰强自镇定了一下，问："我有什么可以帮助你的吗？"同时他用眼睛的余光寻找着可以防身的东西。那年轻人嘴唇哆嗦着说："你可以给我一些盐吗？"老约翰颇感意外，以为自己听错了，问："什么？"年轻人说："盐，我需要一些盐！"这时，老约翰的夫人也走了出来，看见这个年轻人也是吃了一惊，老约翰对她说："亲爱的，这个年轻人需要一些盐，你去给他拿来！"

当那年轻人拿了盐蹒跚着远去后，老约翰夫妇回到房中却是睡意全无，于是讨论起这个年轻人来。在这里住了几十年，他们还没有遇见过深夜来讨盐的，而且那个年轻人看起来又是如此让人恐惧。他为什么只要一些盐呢？两人猜测了半天也没有个结果，最后老约翰笑着说："也许他正在家里烤肉，碰巧没有盐了！”

大约半年后的一天下午，老约翰夫妇正在院子里侍弄花草，这时，从门外径直走进一个人来。约翰夫人抬头一看，立刻认出了正是去年来讨盐的那个年轻人，不过此时他比过去穿得更糟糕，目光依旧阴冷。老约翰立刻起身打招呼：“你好孩子，欢迎再次光临我家！”那人愣了一下，问：“我来过这里吗？”老约翰微笑着说：“当然，去年你在一个夜里来要些盐！”年轻人的眼中闪过一丝痛苦，老约翰说：“我的孩子，我看你现在的样子好像是有些麻烦，来，坐下来吧！”约翰夫人很快地端来牛奶和面包。

年轻人狼吞虎咽地吃喝完毕，说：“我叫凯瑟。无业，无家，得不到政府的救助，靠乞讨为生！”老约翰问：“为什么不去找一份工作呢？”凯瑟垂下头，说：“知道去年我为什么来你家要盐吗？”老约翰夫妇摇摇头，凯瑟挽起了衣袖，老约翰夫妇倒吸了一口冷气，只见他的双臂上，纵横交错地布满了伤疤！凯瑟缓缓地说：“因为那时我已经吸毒两年了。我是个孤儿，在贫民窟中长大，结识了一些不良青年，染上了毒瘾。后来由于没钱买毒品，便自己想办法戒掉。毒瘾发作时生不如死，我就用刀在胳膊上割个伤口，在疼痛中我可以好受些。后来，用刀割已经不能减轻毒瘾发作时的难受，于是我便往伤口上撒盐。可是，我连家都没有，到哪儿去弄盐呢？所以只好向别人讨要！”

老约翰想了想，问：“你现在毒瘾戒掉了吗？”凯瑟点点头说：“已经彻底戒掉了，就算把毒品摆在眼前，我也不会有欲望了！”老约翰说：“那很好呀！你该感到快乐才对！”凯瑟黯然地说：“哪里有快乐？人们都知道我曾是一个瘾君子，没有人愿意雇用我，再加上那些白眼冷遇，反而觉得更痛苦了!”

约翰夫人给凯瑟递过来一条湿毛巾，擦过脸后，他的脸上透出血色来。老约翰说：“孩子，痛苦不一定就是件坏事。你看，你用刀子割伤自己的痛苦，使你远离了毒品的深渊。同样，精神上的痛苦也能使你远离地狱，只要你不在痛苦中麻木，就会找到属于自己的天堂!”凯瑟闻言垂头良久，老约翰拍了拍他的肩说：“我儿子曾是一名警官，在办案中殉职。我们夫妇俩也曾痛苦过，可是这痛苦却使我们骄傲，从而更要好好地活着珍惜这骄傲。孩子，我有一些朋友，或许他们愿意雇用你!”

凯瑟离开的时候已是满眼的泪水，出门后他把怀中的一把利刃远远地抛了出去，他来这个院子，原本是打算抢劫的。几年后，通过努力，凯瑟已经是本地一家大公司的高级职员了。他常常来到这个院子，和老约翰夫妇共度美好的时光，他像对待父母一样对待他们，因为是他们使他有了新的生命。他曾对老约翰夫妇说：“是你们让我找到了属于自己的天堂，我永远爱你们!”

乡下来客

昨天早晨，两位不速之客登门。一见门前站着的两个人，我一时竟没反应过来。这两人一身极脏极旧的衣服，头发纠结在一起，满面灰尘之色。要不是刚才听他们在门外不停地喊我的名字，我是断不会贸然开门的。

在大脑短路了半分钟之后，我终于及时地想起他们是谁了。这是我远房的两个表弟，早年间在乡下生活时，一直走动得挺勤，关系也十分好。一回想起当年的日子，那些尘封的温暖霎时涌上心头，于是忙把他们拉进屋里。这俩小子连鞋也没换，直接坐在沙发上，幸好我家也没太多的讲究，而且在农村时走东家串西家的都不在意这些细节。所以，不但没觉得不妥，反而有一种久违的亲切。

这哥儿俩明显也没有跟我见外，就如同在自家一般。我拿出香烟，他们每人只抽了一根就说不习惯，摸出自身带的烟口袋，拿起桌上的一张报纸，撕成一条条，飞快地卷成了烟卷。一边抽一边大喊过瘾。极浓极辣的烟气立刻充满室内，呛得我强忍着咳嗽，唠起从前的那些事，仿佛岁月流转，曾经远如隔世的都清晰地浮现在眼前。这两人也是越来越放开，索性脱了鞋盘坐在沙发上，就像在自家的炕头上一样。

中午妻子回来时，一进门，烟味、臭脚丫子味扑面而来，她立刻皱起了眉头。当她看到那两个家伙时，冲上前大喊："楞子，柱子，你俩咋来了？"这两个小子光着脚就站起来，说："嫂子，五六年没见，你还记得我们？"妻子笑着说："你们这两个家伙，不瞅瞅自己的样子，谁见了能忘得了？你们聊你们的，我去做饭！"我心里的一块石头落地，同时不停地夸自己高明，当年要不是心血来潮，带着妻子回乡下住了一段，今天的情景说不定会很尴尬。

于是我们三人继续侃。终于想起问问他俩这次来干什么，他们二人立刻有些不好意思地说："我们乡下人进城走亲戚一般只有一件事，就是借钱呗！"我刚才一见他们的神情，就已经猜了个八九不离十，就说："这有啥不好张口的？"同时暗暗思忖着怎么说服妻子。

忽然妻子一声大喝："你们三个快把屋子收拾一下，开窗放放烟，准备吃饭！"吃饭时，妻子还对我说："今儿个你不把他俩喝醉，以后你就别喝酒了，别忘了当初你是怎么被他俩喝到桌子底下的！"我看这两位老弟还没喝就差点儿钻到桌子下。

喝得兴起之时，妻子忽然问："行了，说说缺多少吧。我告诉你们两个浑小子，我家能拿出的只有两万块，再多就让你大哥去抢银行吧！"这俩小子忙说："够了，够了！"烟酒不分家，喝着喝着烟瘾上来，他俩又开始撕报纸。正抽着喝着，女儿放学回来，一见立刻上前对他俩说："你们怎么能这样抽烟，快扔掉！"我心里一紧，这哥俩也吓得忙把烟扔在地上。女儿从书包里拿出一个崭新的本子，说："用报纸卷烟抽对身体有害，这是以前我常说爷爷的。这本子没写过字，拿去卷烟吧！”这俩人脸露惊喜，竟真的接过本子，撕起条来。

等到我酒醒，天已快黑了，妻子也刚下班回来。忽然想起，这哥俩不是来借钱吗？咋钱还没拿就走了？这么多年还这德行，喝点酒连正事都忘了！妻子也怪我，说他们忘了你也忘了？见酒都没命！忽然女儿一声惊呼：“刚才两位叔叔走时给了我一个红包，说是让我买书买本的。”我忙打开红包，里面竟然是一千块！我大惊，继而大恼：这两个家伙，到底演的哪一出？

晚上接到愣子的电话，没等我发火，他却说：“大哥，喝了酒忘了正事儿，你帮我写个讲话稿！我和柱子在城里买了一个小工厂，明天正式接手，你写好点儿，别让咱兄弟丢脸！”等挂了电话，我还有些云里雾里。

第二天我们全家去参加他们工厂的典礼，这俩小子一天不见，像变了两个人，由原来的又土又脏变得溜光水滑的，很有些人模狗样。晚上又是一通海喝，柱子硬着舌头说：“你们这一家子，好，没忘本！我们俩前些天走遍了城里的亲戚，连口水都难喝上。在你们家，就像在乡下那时……”

我迎头给了他一拳：“就你那脸，别人谁敢招待你呀！别抱怨了，有那精神多喝几杯酒吧！”

于是，三人全举杯。

微笑的鸭子

当家家户户的炊烟依次消散，太阳便已爬到了东边树林的梢上。这个时候，丫崽便赶着一大群鸭子去村西的小河边了。十二岁的丫崽跟在那些蹒跚的鸭子后面，笑容满面。当那些鸭子扑腾扑腾地下了河，丫崽便坐在岸边的草地上，一遍一遍地数着水里嬉戏的鸭子。

一直以来，村里人对于丫崽每天都能笑得出来，很是不解。丫崽本是孤儿，后被村里的李家夫妇领养，那一年，她才三岁。这个女孩的到来，并没有给这对不育的夫妇带来什么欢乐，不过李家夫妇对她尚好。丫崽五岁的时候，她终于为这个家里带来了天大的惊喜，李家媳妇忽然便怀孕了！当弟弟出生以后，家里便充满了欢乐，可丫崽的艰难生活便开始了。六岁的她就要干家务，七岁开始做饭带弟弟，连学都上不了。弟弟上学后，她除了每天干活做饭，就是放鸭子。即便如此，养父母也不待见她，常打骂她。可这个孩子却极少哭，而且只要和鸭子在一起，就会笑个不停。久而久之，大家都觉得这个孩子是被打骂得有些傻了。

丫崽早知自己是被抱养来的，养母骂她的时候便常常带出这样的话来。可丫崽却是很喜欢这个弟弟，弟弟从小就跟着她。养父母从没有在丫崽照看弟弟的问题上打骂过她，他们也看出丫崽是真心对弟弟好。弟弟上学以后，便回到家给姐姐当老师，丫崽起初只是抱着哄弟弟玩儿的心思，乖乖地当学生。可是学着学着，竟是入了迷。弟弟也越发有兴趣，为了回家能给姐姐好好地讲课，每天都极认真地上课听讲。如此一来，学习成绩竟稳稳地保持住了第一名。本来养父母很讨厌丫崽跟弟弟学习，可见到这个效果，也就默认了。

有一天，弟弟给丫崽上课的时候，忽然问："姐，你咋每天都那么爱笑呢？你看爸妈对你那样，你怎么还能笑出来呢？"其实弟弟心里对父母如此对待姐姐很是生气，不过却也无能为力。丫崽却说："和那些鸭子学的，你看，鸭子的眼睛都是弯弯的，就像一直在笑着，你听它们叫的时候，也像是在笑呢！其实爸妈对我挺好的，哪家的爸妈不打骂孩子？"

弟弟上初中后，在镇里住校。每周回来的时候，依然会给姐姐讲课，走后还要留下作业。可是两年后，丫崽的心里却是第一次有了挣扎。因为这个时候，养母开始张罗着给她找婆家。那个时候，嫁出一个女儿，可以得到不少彩礼钱。丫崽一露出不乐意的神情，养母就骂："我把你养了十五六年得花多少钱？"丫崽即使不高兴的时候也是微笑着的，养母看着她的笑就来气："赶明儿把你许配给一个暴脾气男人，一天打你八遍，看你还笑不笑？"

终于有一天，说妥了一门亲事，丫崽根本反抗不得。那天家里很热闹，杀了好几只鸭子待客。丫崽就注意到，那些鸭子被割断了喉咙，那眼睛依然是微笑着的。于是心里有了更大的悲哀，可她依然笑迎客人。而就在那个晚上，丫崽失踪了。养父母带着好多亲戚四处寻找，甚至附近的几个县城都跑了一遍，又登寻人启事什么的，也没能找到。家里只剩下那些鸭子，不变地笑着。

好几个月后，丫崽寄回了五百元钱，并写来一封信，说："爸，妈，我会把那些彩礼钱都挣回来！你们别找我，我没事。让弟弟好好上学。"养父母就真的没有再去找，虽然知道了她在哪里。就这样，每个月丫崽都要寄钱回来，养父母有时望着满院的鸭子，心里就会忽然很不是滋味。

一晃四年过去，丫崽依然往家里寄钱，而弟弟也快高考了。这个时候，养父去山上拉石头的时候，被滚下来的石头砸到了头部，去世了。丫崽回来了，大哭，这回她一次也没有笑，可是看着她哭，养母的心里更是难过。临走时，丫崽对弟弟说："你好好学习，要是考上大学，姐就一直供你！"

果然，弟弟考上了大学，而丫崽一直在供他上学。而这个时候，养母独自一人在家，每当喂鸭子的时候，就会念叨丫崽。在养母年年的念叨中，丫崽终于又回来了，那天她帮养母喂鸭子，忽然说："妈，我要结婚了。你别担心，那个男人脾气一点儿也不暴，不能一天打我八遍。你放心，我会把弟弟供完大学！"养母笑了，然后又哭了。

丫崽在城里结的婚，养母和弟弟都去参加了婚礼。养母仔细地看着新姑爷，的确是那种很安生的男人，便也放了心。三天回门的时候，丫崽带着丈夫回到家，养母要杀鸭子，丫崽没让。晚饭的时候，养母拉着丫崽的手，说不出话来，丫崽笑着说："妈，你可要高兴啊！你把我养大不容易，可惜爸没享着福！幸好当初弟弟教我那么多知识，要不去城里打工，会更难。"

丫崽走的时候，带走了两只鸭子，她说她要一直养着它们，看着它们！

世界上还有那么傻的人吗

“你说，世界上还有那么傻的人吗？”

当她第三次问出这句话的时候，我终于忍不住了：“你到底想说什么？谁傻？怎么傻？”

她幽幽地说：“他是一个小偷！”

我心里瞬间涌起无数的问号，说小偷傻，而不是说小偷可恨，让人殊为不解。想了想，也许从小偷误入歧途的角度来讲，他们确实有些傻吧！可是当我这么一说，她却连连摇头，说那个人并不一样。

两个月前，她坐火车去另一个城市看同学，并不遥远，五六个小时的路程，很慢很破旧的火车。人极多，车厢里很拥挤，她站在过道里，周围充斥着嘈杂和汗酸。每有人经过，就会使得整节车厢都骚动起来。她无聊地看着一角的车窗外，匆匆而过的种种。这个时候，那个小偷就从车厢的门口挤了过来，站在了她的身后。

她说：“他那么年轻，哪里像一个小偷啊！就像是一个从乡下出来的纯朴小伙，脸上还带着羞涩！”

就是这样的一个小伙，在她身后站了没多久，她就觉出了不对劲儿。先是觉得有人轻轻拽她的包，回头看，那个小伙子正看着她，眼神中满是纯净的无辜。她便没有在意，可是却一直如此，有一次他甚至试图去拉背包的拉链。她转头，依然是那么清澈的目光，她有些慌张，四顾，只有身边的四五个人注意到这边的情况，都面带笑容饶有兴致地看着，没人理会她求助的目光。

终于，在这个小偷的一再骚扰下，她低声对他说："你要是再掏我的包，我就大声喊，让乘警来抓你！"

那人离开了她的身边，刚才看热闹的四五个人也跟着慢慢挤远，隐约中，她听见其中一个对那小偷说："才出道吧？技术太差了，这么半天也没掏出来！"她听闻后，惊出了一身冷汗，难道这些人都是小偷？幸好他们离开自己了，她忙又向后挤了挤。

平静了没一会儿，车厢那头一阵吵闹声。一个中年妇女正在大骂，她踮起脚向那边张望，竟还是那个小偷！中年妇女扯着他大骂，他满脸通红，终于挣脱了妇女的手，挤出了车厢，她看见那几个人也都跟着走了。

她松了口气，小偷们都走了，车厢重又恢复了无聊的沉闷。终于，到了终点站，她所去的城市。她随着人群走向车厢门口，快下车的时候，她听见从旁边车厢出来的几个人在谈论。听了几句，竟也是说那个小偷的事。她心里不禁有些好笑，这个小偷竟是有些可爱，技术这么差还敢来偷，被发现也不害怕。

下了车，在站台上没走出多远，前面忽然围了一群人。她心想，不会又是那个小偷吧？走近一看，果然如此，小偷倒在地上，正被好几个人狠踢着。再仔细看，打他的那几个人，不正是他的同伙吗？一时有些茫然，便也没有多想，随着人流出了站。

她对我说："其实，后来我已经有些怀疑他不是小偷了！"

出站后，她听见有人议论刚才站台上打人的事，便上前打听，才知道真相。原来那个面相纯朴的小伙子并不是小偷，他发现车厢里有几个小偷后，又不能大声提醒大家，只好自己装作小偷，并故意让当事人感觉到，从而引起当事人的怒火。这样一来，大家都提高了警惕，那几个小偷就没有机会下手了。起初，那几个人确实以为他和他们一样，可后来就发现了不对。而且，他跟了那几个小偷好几节车厢，使得那几个人一直没能成功地偷东西。所以，下车后，他才被那几个人狠打了一顿。现在，那几个小偷已经被警察抓起来了。

讲完之后，她说："虽然我一直怀疑他不是小偷，而且许多人知道他是为大家好，可是没有人站出来帮他，我也没有！"

然后，她又一次问："你说，世界上还有那么傻的人吗？"

我无言以对。他真是那么傻的人吗？在这个冷漠的世间，到底谁才是那么傻的人？

停电一小时

小镇虽然小得如镶嵌在半岛上的一颗米粒之珠，可是它在夜晚绽放的光华却像大都市般璀璨，淹没了天上的群星。而汤姆最烦恼的也正是这一点，特别是在星期五越来越近的时候。他不止一次地跑到镇上供电所找哈利大叔，希望停一会儿电，可哈利大叔总是说："不，孩子，那是不可以的！"

作为镇上唯一一个类似孤儿的存在，汤姆唯一的骄傲，就是今年父亲突然找到了他，而且父亲竟然是很出名的宇航员。于是，他在一段时间里，不停地和伙伴们炫耀，后来几乎见着谁和谁说："我爸爸又上天了，他在天上看着我们的小镇！"

汤姆永远记得，自己是因为极度地崇拜宇航员，极度地热爱宇宙星空，才会给航天局写了封信，在信中他诉说了自己的身世和境况，也表达了自己的敬意，还说了自己的梦想。没想到上帝保佑，他的父亲竟然就是在那里工作，而且就是一名宇航员。于是经过一系列的过程之后，汤姆终于有了自己的骄傲。

八岁的汤姆满心地渴望，以后能像父亲那样遨游太空。而周五，是父亲返回地球的日子，在晚上。所以，他想着能在那个时间停上十分钟电，便能看到满天星光，便能看到父亲的返回舱在夜空里如流星闪过。可是哈利大叔不同意停电，汤姆已经想好了，如果实在不行，就偷偷驾一艘小船到海上去。

而关于周五汤姆父亲返回地球的事，镇里人都不知道。汤姆并没有对任何人说，即使去求哈利大叔时，他也没有说原因。也不知为什么，汤姆的心底，总是想着这件事只能自己独自去经历，去体会。他甚至不知道电视上会直播着陆的全过程，他甚至都已经准备好了小船，只盼着周五晚上风浪不大，只盼那晚晴空万里。

转眼周五就到了，镇上的人们依然忙着自己的事。没人注意到汤姆没有在学校，而是在镇外的海边游荡。天气晴好，看来到了晚上也会万里无云。那艘小船还在隐蔽处泊着，像一颗等待的心不停地起伏。

傍晚的时候，汤姆吃了饭，正沿着街向镇外走。忽然哈利大叔迎面走来，看到他，微笑着说："哈，孩子，我仔细想了一下，偶尔停上一次电，让大家欣赏一下久违的夜空，也是一件很美妙的事呢！说定了，就是你说的那个时间！"突如其来的惊喜，让汤姆一时呆在那里，回过神来时，哈利大叔只留给他一个温暖的背影。

夜来了，小镇的万家灯火像往常一样，闪烁着一片灿烂。哈利大叔歪在供电所休息室的床上，漫不经心地调换着电视频道。忽然就看到了一个直播节目，正是飞船的回归。虽然哈利大叔在晚报的角落里已经看到了这条消息，也明白了那个孩子的无理要求，可是真正在电视上遇到，还是很有兴趣地看了下去。画面上是刚分离出来的返回舱，有三个人在里面正对着镜头微笑。他嘀咕着："到底哪个是那个孩子的父亲？"

看着画面，听着解说，而返回舱开始进入大气层。忽然，哈利大叔的脸色阴沉下来，看着看着，他像是想起了什么，突然站起身来，快步走到操作间，毫不犹豫地断开了电闸。顿时，小镇陷入夜的深处，无一点灯火。在黑暗中，哈利低声骂了一句：“他妈的，怎么会这样？”

汤姆在停电的刹那，眼泪就流下来了。他跑到镇外的一个高处，坐在那里，看着满天的星辰，眼睛和心里同样地湿润。茫茫星海，他也不知道父亲是哪一点光亮，在哪里经过。不过，他觉得此刻父亲也应在看着他，看向海岸边上的黑暗处。

这次停电，并不是约好的十分钟，而是整整一个小时。汤姆就坐在那里，仰着头，似乎有个星星猛然闪了一下，便又没了踪迹，他流出的泪又淌回了眼睛。

在无数的询问电话中，哈利大叔终于合上了电闸。他重新打开电视机，直播已经结束，新闻也已经过去。他叹了口气，想着，今晚是瞒过去了，可是明天的报纸，便会全是这次的消息。刚才，他也一直在阳台上看着夜空，努力地去寻找那一颗快要陨落的星星。

停电的瞬间，汤姆刚从一家商店跑出来，商店墙上的电视里，正直播着节目。汤姆一直坐到天明，他知道，父亲回来了。虽然，那并不是他真正的父亲，虽然，那也不是真正的回来，可是他都装作不知道。他站起身，走回镇子，脸上努力地笑着，对每一个人。是的，父亲，依然是他的骄傲。

等待中老了什么

故事说出来的时候，已是多年以后。

似乎是知青那一代人重复着的情节，他在最年轻的岁月，却经历了最苍白的生命，虚幻的火热焐不暖心底的苍凉，身体的疲累掩不去心灵的痛苦。在这样的时刻，如果说有能让他暂时忘掉这一切的事，那就只有爱情了。

于是，第一份爱情来了，无声无息地莅临他的世界。

那是一个同来的女知青，在那片广阔天地中，在各自的劳累中，在各自的寂寞中，他们终于走到了一起。那些日子都流淌在心上，濯洗着日复一日的劳累，天高地阔，全是甜蜜的风儿吹向天涯。他们就这样，用彼此的笑容温暖着际遇的寒冷与无望。有了这份情感，至少以后在回望这一段岁月时，会看到几个脚印，而不是一片荒芜。

那些日子，他心底重又涌动起一种激情，不是那种战天斗地的情绪，而是忽然有了一种希望，不管路多远多长多看不清，有个人陪着一起走，这就是梦想。

可是，好梦易散。在那个秋天，女知青搭拖拉机去公社办事，回来时，车翻进了深沟里。从此，她的青春便永远停留在这片黑土地上，刹那间，他的世界黑暗了，黑暗得一如幽幽地下的她所在的小小长眠之所。

那一年，他十八岁，而她，却是永远跨不过的十七岁。

他的生活更是不如初来，那时只是苍白，如今却是黑暗，仿佛身前身后都是绝望的陷阱。疼痛的感觉已不再，有的只是麻木，就像什么都无法触动他，每天，他都是机械般地劳动，然后睡觉。如果有酒，他一定会选择醉生梦死。

就是在他这样的状态中，一个村里的女孩闯进了他的生命，艰难地开始了第二段恋情。

女孩是大队书记的女儿，长得漂亮，人也纯朴善良，虽然没有文化，却很善解人意。她把他的一切都看在眼中，很是心疼，在他最艰难的日子，她就默默地关心着他。起初他根本不在意，或者说，根本是万念俱灰。甚至他讨厌她，有时会骂她，赶她，她也不言语，依然如故。

终于，在一个傍晚，他把她骂了一顿，或者说羞辱了一顿之后，她好几天没再来找他。那个早晨，终于又见到她的身影，没等他再骂出口，她却先说："本想给你解解愁闷的，却给你添了更多的烦心，以后再也不烦你了，我答应了邻村的亲事了，我过几天就嫁过去了！"

说完，女孩转身离去，转身的刹那，两颗大大的泪珠从脸上滑落。那一刻，这个自己从没在意过的女孩，却忽然让他感到了一份沉重。于是他脱口而出："不要走！"多年以后，他一直后悔说出了这三个字，竟是误了别人一生。

于是，他开始用一段新的恋情去掩盖第一段恋情的痛与伤。只是无眠的夜里，他会觉得很矛盾挣扎，他清楚地知道，自己不爱这个女孩，可是，为什么，他却也说不清。他觉得自己仿佛陷进泥沼中，怎么挣扎，都是加速地沉沦。

故事讲到这里，那个须发皆白的老人眼中依然有着痛苦，他喃喃地说："我还是要感谢她，虽然我不爱她，可是她却给了我希望。那些日子，我怕深陷进去，就想着逃离那里，能够让我想着去逃，也是给了我一种希望吧！"

那个时候，已经开始有返城的知青了，可是却轮不到他，因为，他和大队书记的女儿恋爱，大队书记不盖章，是根本没有希望回去的。于是他想到了另一个办法，他开始打架，只要谁稍惹到他，他就大打出手，又狠又不要命。终于有一次，他借口一个村民多看了他一眼，便把人家打成了重伤。于是，他被抓走判了刑。

他用这种方式离开了！

五年后，他归来，见了她最后一面，然后起走了户口，同时起走的，还有那个女知青的坟墓。他对她说："对不起！感谢！不要等我！"然后毅然离去，如一滴水消散于空气中。女孩没有留他，像他当初没有留她一样。

他回到城里，成了一个普通的工人，老老实实地干了一辈子，没有成家。他住在远离城市的小山谷里，房后，陪伴着他所有日月的，就是那座小小的坟茔。

退休之后，他便在那里自己生活，与世隔绝般，常常在坟前一坐一天，身畔是他养的鸡鸭。他觉得自己真的老了，和女知青在一起的短暂时光，竟是每一天都在回忆，都在回味。地下的她，也应该老了吧，连时光都老了，走得那么缓慢。

有一天，黄昏时分，他依然在夕阳中坐在坟前，嘴里喃喃着。忽然，就看到一个人影在身边，他仔细看，仔细看，不是她，却是心里另一个不敢碰触的影子。当年的女孩，也老了，老在他混浊的目光里。

那个老妇人看了他半天，说："我等了一辈子的，不是你，不是你，我继续回去等！”

然后离去，没有回头。

互相错过的等待，无法重叠成一个圆满的结局。或许等的人都已不是当初的那一个，也不再是当初的那一份情，一切都苍老在漫长的岁月里，年轻着的，只有回忆。

再后来，同样终生未嫁的那个女孩，在一个夜里静静地离开了尘世，不知在最后的时刻，她是否会后悔这一生无望的等待。而他得知消息时，在房后的坟前，坐到半夜，心里有着一种鲜活的痛。

当然，这已经都是后话了。

我还有一个橘子

八岁的小雯带着六岁的妹妹小晴在家里玩，爸爸妈妈都有事出去了，小雯便成了家里最大的人，当然要哄好妹妹。两个孩子分着玩具，你一堆我一堆的，连衣兜里都装了好些。然后又开始分水果吃，吃得脸上身上都是汁液，也顾不上擦。

吃光了水果，两个孩子玩了一会儿玩具，便想着弄些新奇的东西玩。就在这时候，一阵响声，房子都在摇晃着。小雯一把搂过妹妹，只是刹那间，便像掉进了地里，摔得全身都疼，周围是无边的黑暗。小雯强忍着疼，妹妹已不在怀里，她焦急地喊了两声，声音闷闷的，在狭窄的空间里回响起。直到听到妹妹的哭声，她才摸过去，把妹妹拉在身边。

惊恐之间，不知发生了什么事，小雯害怕得要死，全身除了疼还能动，一想到妹妹，她止住哭，问妹妹有没有事。小晴也不哭了，只是说身上摔得疼，小雯说：“别怕，姐在这儿呢！”她在安慰着妹妹的同时，也在安慰着自己。渐渐适应了黑暗，便发现上面有一处，透进一缕细细的光。猛然记起，这可能是地震了，在课本上学过，可是这个地方，千百年来也没有发生过地震。

妹妹还在怕着，又哭了，小雯在身边一摸，地上都是随她们落下来的玩具，就说："妹妹，咱俩接着玩玩具吧！"她抓起一只小布狗递给妹妹，说："你看，这小狗能在夜里看清东西，它要是看到你哭，该笑你了！"妹妹果然不哭了，摆弄着小狗，用手捂着小狗的眼睛，不让它看自己。

不知过了多久，妹妹说："姐，我渴，我饿了！"小雯一下子慌了，她也有这样的感觉了，可是，这里并没有吃的，刚才她摸遍了地下，除了玩具，什么也没有。她说："妹，咱们被埋在地底下了，一会儿爸爸就来救咱们了，再挺一会儿！"小晴不再吵嚷了，也不摆弄玩具了，乖乖地依在姐姐怀里。

小雯终于饥渴得发慌，她想，妹妹一定更难过。便在口袋里翻着，忽然，手触到一个圆圆的东西，啊，是橘子，她咽了一口口水，摇摇妹妹，说："妹妹，我还有一个橘子，你快吃了吧！"妹妹一下子精神起来，伸手接过橘子，黑暗中，小雯仿佛看见了妹妹的笑脸，于是饥渴的感觉顿时淡了许多。

过了一会儿，小雯发现妹妹并没有吃那个橘子，就问为什么，妹妹说："姐，现在没有刚才渴了，我等一会儿再吃！"小雯发现妹妹一下子变得懂事了，才六岁的孩子啊。她静静地等着爸爸的到来，妹妹在一旁摆弄着那个橘子，不知又过了多久，上面小孔透下的光线也暗了许多，妹妹不再摆弄橘子，又安静地靠在她身上。她说："把橘子吃了吧！"

小晴摇摇头，说："没事，等过会儿再吃，现在吃了，一会儿就没有了！"她觉得妹妹的身体越来越沉，连话也不愿意说了，急了，刚想去拿橘子剥开喂给她，这时，上面传来了人声。她推了推妹妹，说："爸爸来救咱们了！"然后大声喊起来。

当她们回到地面上，爸爸妈妈还有许多人都在，她俩扑进爸爸妈妈的怀抱，大哭起来。哭够了，吃过饭，小雯说：“妈妈，妹妹可懂事了，我们还剩一个橘子，她一直不吃，说要等到更饿的时候再吃！”

这时小晴说：“姐，我才不吃呢！开始我是想吃了，可是你们看……”说着，从口袋里拿出那个橘子，大家一看，哪是什么橘子，分明是一只麻面的小球。小雯一下愣住，问：“你怎么不早告诉我？”小晴却正色地说：“告诉你了，我们就连这一个假橘子都没有了！”

眼 睛

大刚知道自己有一双与众不同的眼睛，是在去县里上高中后。当时这所全县重点高中，在大刚的班级里，只有他一个乡下考上来的学生。起初的时候，那些城里的学生都或多或少地对他有些不屑，后来，班上最漂亮的一个女生，有一天发现新大陆般说："你的眼睛好特别啊！嗯，特别纯净，就像，就像在里面看到了最新鲜的蓝天和田野！"

大刚着实震惊和喜悦了一回。他心里知道，那是因为自己从小生长在农村，有着一种本真的质朴，在色彩缤纷的都市里，这种底色就像繁嚣中的宁静，给人以愉悦。他在城里人面前，第一次有了一种信心和骄傲。

假期回家的时候，大刚总要去看望一下自己小学时的老校长，那是一个六十多岁的大妈，可以说是看着大刚长大的，从小学起，就一直关注着他，鼓励着他。大刚有什么苦恼也都向她倾诉，对她有着一种更深于师生之间的感情。当他把自己眼睛的事告诉老校长时，老校长很欣慰地笑，说："不管以后怎样，希望你都别把自己的眼睛污染了！"

后来，大刚在高考中失败了。他不得已结束了在城里的短暂生活，回到了农村。由于他的学历在村里算是很高的，所以他成了小学的老师。每天面对那一双双不染纤尘的眼睛，他的心里也是暖暖的纯净。他喜欢那些学生，喜欢他们质朴的神情。他努力地传授给他们知识，把希望也寄托在他们身上。只是他没有想到，这种纯净的美好有一天也被打破了，而且是在不知不觉中。

也许是寂寞或者不甘，大刚终是又走进了那一片都市的喧嚣。虽然他怀念那片养育他的黑土地，虽然他担心那一双双充满希冀的眼睛，可是，为了心中的那份冲动，他还是走了出来。在那些斑斓的色彩中，也渐渐地斑斓了自己的心境。在追逐自己想要的东西的过程中，他渐渐融入了都市。也曾回过家乡，见到当年的那些孩子，看见他们眼中不变的光晕，大刚心里也会倏然泛起一阵类似于疼痛的感觉，却也如云过天边。

乡亲们对大刚特别热情，觉得他算是在城里混得成功的人，都纷纷夸他，说他眼睛特别亮，给人一种精明的感觉。说得大刚心里颇有些得意，真不知曾几何时，自己的这双眼睛在农村也会与众不同了。他依然会去找老校长，老校长一年比一年衰老，总是静静地听他说，临别时总要把他拉到近前，细细地凝视他的眼睛，却什么也不说。那样的时刻，大刚的心里会蓦然涌起一阵悸动，只是还没来得及去细想，便又融入城市的繁碌。

在城里，大刚依然在四处辗转奔波着，一度觉得自己活得充实而有意义。有一次，他和一群城里人朋友相聚，忽然问他们："你们看我的眼睛是不是有什么不同？"大家做凝神细看状，良久，说："嗯，比我们的亮些，你小子精明，从眼睛就能看出来了，要不能混成今天这样吗？"大刚闻言心喜，干了一杯酒。

有一天，大刚和朋友们去唱歌，出来透气的时候，忽然发现一个女服务员一直盯着自己看。他一下子被那女孩的眼睛吸引了，在城市里，他从没发现过这样一双能吸引自己的眼睛。那一瞬间，他想起了自己上高中时，那个女生的话，从这双眼睛里看到了最新鲜的蓝天和田野。

忽然，那个女孩走过来，说："老师，你还认识我吗？"

大刚翻遍记忆，总算想起，那是她教过的一个学生。女孩又说："老师，你的眼睛变了，变得越来越像城里人了。"

他一愣，回忆如水漫过，记得他以前给学生们说过，城里人的眼睛，大多是充满着各种欲望，或是若有所图，或是闪烁不定，或是落寞黯淡。女孩又说自己也来城里打工两年了，可是她不会像有些女孩子一样，可是她不后悔，觉得这样，挺踏实，挺好。

那一刻，大刚的心里有什么东西一下子就碎了。他知道，自己已经失去了眼睛里最纯美的蓝天和田野，自己的生命也正在远离那份不可求的美好。他想到了老校长的慈颜白发，想到了那些孩子充满渴望的脸，想到那片无言的黑土地，流下泪来，慢慢地濯洗着他蒙尘的心。

再后来，大刚带着从城里挣来的钱又回来了。把学校重新建了一番，又开始站在三尺讲台上，感觉着那一双双充满希望的眼睛的温暖。面对那些孩子，面对窗外无穷无尽的蓝天和田野，面对微笑的老校长，大刚知道，那些美好，又重新扑面而来。

贼不偷

一大早，张婶推着小车进了自家的菜园。园中全是西红柿，可是没有想象中的红的粉的金黄的，所有的果实都是碧绿的，这个季节该是成熟的时候，怎么就没一点儿成熟的色彩呢？只见张婶提着小筐进入园中，用手摸着那些西红柿，柔软的就摘下来放进筐里，一会儿工夫就摘了满满一筐。

这种西红柿俗名叫“贼不偷”，从成长到成熟都是一成不变的绿色，只能用柔软与否来判断它们成没成熟。且味道甘美，远非那些大红大黄的品种所能相比。张婶在镇上菜市场刚把摊儿摆上，就围拢过来一群人，纷纷买贼不偷。一个熟稔的妇女笑着对张婶说：“你可真有头脑，竟然专门种这种贼不偷，这下可发财了吧？”张婶也笑着说：“这都是我家掌柜的功劳，我哪长了那脑袋呀！”

张叔是个爱琢磨事儿的人，这许多年当中，无论从种地到生活中的种种，他都能找出比别人好得多的办法来。难得的是却不显山不露水，所以不但没人眼红嫉妒，而且人缘极好，乡亲们一提起他都是充满了尊重。可最近，这两口子有件闹心的事。女儿小雅艺校毕业后，在省城的文工团当舞蹈演员，本来也过得挺好的，可前年偶然的一次机会，她涉足了演艺圈，如今已是崭露头角。其实这也没什么不好，但近来小雅的一系列表现却让两人颇为担忧。

小雅这孩子争强好胜，为了能在圈内迅速火起来，她处心积虑地想了许多办法，甚至不惜用绯闻来炒作。有时张叔和张婶在报纸上看到关于女儿的负面报道，都是忧心忡忡。这一天小雅回家来探亲，她在外面奔波了这些年，很少回来，只是在电话里向父母汇报自己的情况，她面对父母的询问，却也毫不隐瞒，并说许多女演员都是这样炒作自己的，她的所作所为还算是好的。

看着女儿的靓丽与张扬，张婶说：“其实你该和你爸多学学，以你爸的能力，如果当初能表现自己，现在不一定干到什么位置上了。可那又能怎么样，不见得就会比现在过得舒心！”小雅说：“我们现代的年轻人都是有一种拼劲儿的，不趁年轻打出自己的天地来，以后一定会后悔的！”张婶依然语重心长：“拼是可以的，但不能动歪脑筋，你想出名，就应该好好去琢磨怎么把戏演好，别在别的方面动心思。”小雅撇了撇嘴，颇不以为然。

张叔见状忙说：“走，和我们去后园里摘些西红柿，那是专门给你种的呢！你妈种的西红柿越来越好了，你不是最愿意吃吗？”后园中的西红柿和南园中在市场上卖的不一样，这里的西红柿色彩斑斓，红的像火，黄的似金，很是好看。张叔却走近那些青绿的西红柿，以手试探，摘了几个，说：“这贼不偷又熟了！”回到房中，看着女儿大口地吃西红柿，张叔问：“怎么样？”小雅欢快地说：“真甜，好吃！”张叔笑了，说：“是啊，这贼不偷比那些红的黄的强多喽！别看那些西红柿长得好看，却没这贼不偷好吃啊！”小雅闻言怔了一下，几口把西红柿吃尽，说："爸，没想到你还挺有哲理的！"张叔一愣："啥哲理？"小雅笑了一下，又拿起一个西红柿吃了起来。

小雅离开家以后，再也不去制造新闻炒作自己了，她开始踏踏实实地研究演技，并有选择地接一些戏。这样一心平气和，事业上竟也顺利了。几年下来，她演的许多角色已经为人们所接受，并获了几个奖。看着那些正如日中天的女演员，她也能淡然处之了，只是默默地做着自己的事。张叔和张婶亦是很欣慰，女儿在电话中说："我已经想明白了，外表再好看名声再大也没什么用，关键还是看内涵。就像咱家的贼不偷，没别的西红柿好看，却最好吃！大红大紫总有过气的时候，贼不偷却是长青长绿的！爸，妈，谢谢你们让我明白了这些！"

张叔和张婶愕然说："我们没给你说过这些道理啊，我们也是听你这么一说才明白的！"小雅深情地说："虽然你们没说，可你们却用行动、用你们的一生告诉了我这些！"

再给我五分钟

她打电话给他，约他出来见面，把一些话说清楚，好聚好散。他答应了，也想在最后的相约中，做最后的努力。

依然是一年前最初相逢相识的那个街口，长长的秋风把路旁树上的叶子辗转送向未知的地方。他们面对面站在那里，目光都有些恍惚，仿佛回到去年的此时此地，初见的喜悦宛如昨日。就像刹那间，便已桑田沧海。不变的人来车往红尘喧嚣，却重叠着迥异的心境。

他静静地听她说着，就像无数次在电话里倾听温暖的声音。虽然心里满是悲伤失落，虽然身外满是一季的萧瑟，可他的脸上依然淡淡地笑着，目光依然浅浅地流淌。她说完，用力看了会儿他的眼睛，没说再见，笑了一下，转身离去。

他忽然叫她的小名，她回头，他说，再给我五分钟。她回到他的面前，他开始说，说所有的种种，她也静静地听。然后她说，五分钟到了。便转身欲走，他叫了她一声，她回头，眼中有期待也有失望。他一时无语，她便向街对面走去，随着长长的秋风。

他看着她的背影，刚转身要离去，就听到身后一声刺耳的刹车声，他看到她的生命轻轻地飞了起来。

他总是恨自己。他说，如果好好地分开，不祈求那五分钟的努力，那么，她就不会遇见那辆失控的车。

他说，如果最后他再说上一会儿，哪怕五分钟，哪怕一分钟，不管能不能挽回她，她都能躲过那辆失控的车。

他向她要来了五分钟，她却给了他整个生命，给了他一辈子都化不开的心痛与苍凉。

一课十五年

不知从哪一天开始，我的博客上多了一个常客，她几乎在每一篇文章后评论，持续了很长的一段时间。我曾循踪而去，可她的博客里一篇博文也没有，连个人资料都是一片空白。有一次她发给我一张字条，请求我加入一个群，并告知了群号。由于比较好奇，便加入了。

进了群才发现，里面人并不多，都是二十多岁的男男女女，网名也是各具特色。他们给我举办了一个欢迎仪式，让我很是感动。我极少说话，没事时会看看他们相互说着一些工作生活中的琐事。就这样有半年之久，他们也从没告诉过我他们是谁，我也没有问，本来就是在茫茫的网络之中遇见，这样就很好。甚至我都不知道当初来我博客的那个女子是群里的哪一个，有时看着他们相处和睦，心下很是欣慰。这个群一直也没有新成员加入，就这么些人，有时默默，有时喧闹。

那年秋天的时候，我因故行经哈尔滨，准备在那里停留两日。当天晚上，接到一个陌生的电话，是一女子的声音，她说："老师，知道您在哈尔滨，我们明天有个聚会，想请您参加！"我很是纳闷儿，便问她是谁，她说她就是那个常去我博客上评论的人，也是那个群里的一员。听闻如此，我便问了聚会的时间和地点，鬼使神差地答应下来。

第二天上午，当我到达聚会的酒店门前，一个二十多岁的高挑女子正站在那儿张望，见了我立刻笑着迎过来，我知道她就是打电话的那个女子了。她带我上楼，在一个类似会议室的房间里，齐刷刷地坐着三十多人。我一进门，他们都站起来齐声叫“老师好”。这场面也太夸张了一些，我一时竟无所适从，那女子说：“我群全体成员，我班全体学生，欢迎老师再次回来，下面请老师点名!”我一下愣住，时光瞬间凝固，我的心逆流而上，冲破岁月的阻隔，看到了一张张纯真的笑脸。我仔细地看着眼前的每一张脸，那些容颜与记忆深处的那些笑脸慢慢重合。我看向那个女子，说：“班长杨梅!”她清脆地喊了一声“到”，我的眼泪立刻涌出来。

十五年前的春天，一个明媚的上午，我在教室里给学生们上语文课。那是一个偏远的山区小镇初中，我来这里已经半年多了。这个初一的班级，我一开始就是班主任，班上的孩子，来自下面许多个村子。那时我刚二十出头，所以和这些小我七八岁的学生相处得极好，讲课之余，我常给他们讲一些外面的事，和他们一起玩，甚至带他们去野外，指给他们看那些寻常事物中的美好。那个时候，学校里都议论，说我们班老师不像老师、学生不像学生。我住在学校里，每到周末休息，有些学生甚至都不回家，整天跟着我。

那天语文课刚上不到十分钟，课文刚刚读完，还没开始讲的时候，校长叫我去接电话。电话是从遥远的家里打来的，家中出了极重大的事情，我甚至没和学生们告别，就匆匆离开了那个小镇。谁知这一走，就再也没能回来，辗辗转转，越走越远，尘事劳劳，竟没有再联系当年的学校和那些可爱的孩子们。只是在无数个夜里，会想起那半年的时光，想起那天涯一般的小镇，想起我那三十多个学生。他们的每一张脸，都日夜深镌进我的心里。

我准确地点出了每个学生的名字，他们都淌下了泪水，班长杨梅说："老师，这么多年了，您竟还记得我们的名字，竟还能认出我们每一个来！"我说："老师其实没那么好，当初走得急，没告诉你们，后来也没能联系你们。而且如果刚才你不说全班所有学生，我肯定想不起是你们！"杨梅递过来一本书和一个本子，说："这是您那天走后留在讲台上的课本和备课笔记，我一直保存着。您走了以后，又来了新的老师，他问我们学到了哪一课，我们都说是下一课，我们一直希望您能回来，给我们讲完这篇课文！"

我把书翻到当年的那一课，仿佛时光重叠，眼前仍是那一张张稚嫩的面孔。而我的学生们都拿出了笔和本，我发现身后的墙上，竟有一块黑板。我压制着内心巨大的情感涌动，就像十五年前那样，开始讲这终生难忘的一课。我随意点名提问，学生们也都积极举手发言。终于，讲完了，该下课了。

他们将我围在中间，就像从前那般。我笑问他们怎么不早告诉我，他们说只想着有一天能给我一个难忘的惊喜。这些年，他们关注着我发在报刊上的每一篇文章，更是让杨梅与我联络，他们并不怀疑我会忘记他们，可当我亲口叫出他们每一个人的名字时，他们依然是感动得落泪。杨梅说："老师，您后来虽然走了，可您告诉过我们的那些话我们却一直记得，是您让我们心里有了出去的梦想。我们都走出了家乡，分散在各地，这次从您的日志里知道您的行程安排，于是才有了这次同学聚会。您看，三十六个学生，一个都不缺，不管多远，他们都赶来了！能让您给我们讲完这一课，是我们每一个人的心愿！”

心里暖暖的，眼睛再度濡湿，我拥抱着他们每一个人。这一堂课穿越了那么长久的时光，将我们再一次聚在一起。忽然觉得凡世中的奔波劳碌沧桑变幻都充满了意义，虽然平生只当过半年多的老师，可有过这一课，有过这些学生，便是我生命中永远的爱与眷恋。

那一刀的深情

那一年在外地工地干活，每天累得一身臭汗，到收工休息时全身便跟散了架一样。而别的工友则开始打扑克，玩得热火朝天的。我们的工棚里住着三十多人，只有两个人不参加扑克大战，一个是我，一个是老林。

老林并不老，只是大家都这么叫他，也就三十多岁的样子，人很老实，话语不多。起初别人叫他打扑克，他说不会，他们都觉得这个人老实得可以，连扑克都不会玩，于是提出教他，他忙摇手说："别，我这人笨得要命，要不早学会了！"我不玩扑克主要是不感兴趣，特别是玩钱的，虽然输赢并不大，可就是没有热情。开始的时候他们还劝我说小赌怡情，见我不为所动，也就不再理我。就这样我和老林成了两个闲人，没事时我们偶尔也聊聊，都是些没边没沿的话。

无意中得知老林和我竟是同乡，我们住在相邻的两个村。过年放假的时候，我们便结伴回家。在家乡的县城转乘汽车时，中途上来两个人，他们一眼看见老林，亲热地上来拍着老林的肩膀说："哟，鬼林回来了！这回准是挣大钱了，有空儿去我们那儿玩玩，一定东山再起！"老林只是笑，淡淡地和他们搭了几句话，便靠在椅背上睡着了。那两个人在中途下了车后，老林才醒，我好奇地问："他们好像和你挺熟的，你怎么不冷不热的？对了，他们怎么叫你鬼林呢？"老林不自然地笑了笑，半天才说："赌友！鬼林是他们给我起的外号！"

我一下惊得睁大了眼睛，这个号称不会玩扑克老实巴交的人居然还是赌徒？过了好一会儿，我才说："怎么就给你起了个鬼林的外号呢？"老林苦涩地笑了笑，从刚才玩扑克的乘客那儿借来一副扑克，抽出一张红桃 4，在我面前晃了晃，然后把牌翻过去，再转过来时，赫然竟变成了黑桃 A！我吃惊地说："好快的手法！"老林却叹了口气说："所以他们就叫我鬼林了！"我羡慕地说："那你在赌场上一定是大显身手常胜将军了！"他摇头说："在赌场上没有常胜的赢家，再说，我早就不玩了，一年了，这是我第一次碰扑克！"我问："为什么就不赌了呢？你手法这么高明？"老林说："等以后有空儿再告诉你！"车先经过我们村子，下车时我对老林说："过了年我去找你，咱们一起走！"他答应了。

初五一过，我便去邻村找老林，到了他家，两个男孩正在院子里放鞭炮。他亲热地说："不着急，在我家住一宿，明天再走，酒菜都是现成的，咱哥儿俩好好喝点儿！"我欣然同意，老林的媳妇很快便摆上了一桌子的菜，我和老林开怀畅饮。喝到酒酣耳热之际，老林忽然问我："还想不想知道我是怎么戒赌的？"我热切地点头，他叫来媳妇，对她说："把你左手伸出来给兄弟看看！"嫂子扭捏着把左手藏在身后，老林强行把她的左手拉出来，我仔细一看，小手指竟然少了一节！

看着我愕然的神情，老林说："那几年我对赌真是鬼迷心窍了，一门心思地出去赌，回来后便苦练牌技，根本无心过日子。随着我手法越练越熟，起初赢了不少，可好景不长，最后仍是越输越多。哼，赌场上这帮家伙，一个个都精得跟鬼似的！眼瞅着家里的东西都被我输得不剩下什么，你嫂子也劝我，我也曾好几次下决心戒赌，并立下重誓，要是再赌就剁掉一根手指头。可是这东西就像吸毒一样，想戒掉可是真难。我一次次发誓，又一次次违誓，唉！有一次，我把家里仅有的一袋米都输了，看着饿得直哭的孩子，又一次痛下决心戒赌，可你嫂子早听惯了这些，根本不再信我的话！”

老林停下来，仰脖喝了一口酒。我看了看嫂子，她正目不转睛地看着老林。老林接着说：“那次我坚持了两个多月，这两个月我打短工挣了些钱，于是心里又刺挠起来，终于又去赌了！不到一晚上，那些钱就输没了，那钱本来是给家里买粮食和给孩子交学费的！我很后悔，就对你嫂子说以后再也不赌了。你嫂子打断我的话，说，你都说了多少遍了，谁还信？说剁手指头到现在也没剁！我心里愧得慌，猛地腾起勇气来，抓了一把菜刀就要剁手指头。你嫂子把菜刀抢过去，说，你不从心眼里想戒，把手指头全剁没了还是照样去赌！我正琢磨她说的话，突然听她叫了一声，我一看，她竟然把自己的左手小指头剁下一节来！我疯了一样抢过菜刀，说，该剁我的呀，你这是干什么？于是举刀就要剁，你嫂子不顾手上的血扑过来把刀抢回去，说，你能记着我这手指头是怎么没的就行了，不用你剁自己的！从那以后，我就离开家去外面打工了，虽没再说过戒赌的话，我却知道这辈子是不会再赌了！”

老林又喝了一口酒，抬起头时，我看见他眼中闪着亮亮的泪光，而嫂子早已泪流满面，断了指头的左手紧紧握着老林的手。

后来我离开了那个工地，全家也搬到了外地，再也没有了老林的消息，可我知道，他一定会活得好好的，家庭也一定是幸福的。时至今日，我仍常常想老林说过的话："她那一刀虽然剁掉了自己的手指，却比剁了我一只手还让我疼，我一辈子都忘不了这疼，要是我还去赌，还能算是个人吗？"

剪指甲

中午的时候，七十岁的宝山奶奶坐在太阳下，专心地剪着指甲。她用的是一把很大很古老的剪刀，眯着眼，就让两条宽宽的刀刃在手指间开合。宝山奶奶剪指甲极为细心，只要长出来一点，必要剪去。家里人怕她眼神不好伤了手，想帮她剪，她都严词拒绝，就像这个过程有着莫大的乐趣。而想给她换一把小巧的安全指甲刀，她也不同意。

宝山曾仔细地看过奶奶剪过的指甲，竟是比用指甲刀剪出的还整齐，且弧线平滑，想来出自那样一把大剪刀，他觉得很不可思议。受奶奶影响，宝山也曾试过用那把沉重的大剪刀去修剪指甲，才发现其中的难度之大。有一次他问奶奶："您是怎么做到的?"奶奶笑着说："我们那时候都用这大剪子铰，哪有什么指甲刀？铰了一辈子，手头上有准儿!"然后奶奶就会问他："前些日子相看的那个闺女，成了没有?"一提这话，宝山就很无奈。

眼瞅着宝山已年近三十，却是连对象也没正经处过。按说他人长得高大，相貌也属上乘，工作也不赖，找个媳妇当不是什么费劲的事儿。别人倒是没少给介绍，可是每一次都不成。

而且每次相亲时，宝山都会要求看看女方的双手，若是指甲又长又尖，他则转身就走。若是指甲长短适中，修剪整齐，便继续相处，而往往处着处着就分手了。原因还在于指甲，等女方指甲长起来，没有及时剪掉，宝山也是二话不说就分手。这一切，可能都缘于奶奶剪指甲的影响。

渐渐地，大家也都知道了宝山这个奇怪的相亲标准，家里人都劝他训他，说主要看人好不好，看指甲做什么？这个时候，奶奶就会在一旁嘿嘿地笑，抬手看自己的指甲有没有长起来。不过，也有女的为了和宝山在一起而注意起指甲的，可宝山的眼里竟是不揉沙子，每次都能看出毛病来。比如两只手的指甲剪得不一样整齐就不行，为此许多女孩都骂他有病，有怪癖。他也不思悔改，依然是一条道跑到黑。

有一次，宝山和几个朋友去一家饭店吃饭，中途去卫生间的时候，他就被一个女服务员吸引了！那女服务员长得并不漂亮，顶多算是普通，宝山看见她的时候，她坐在角落里飞快地剪着指甲。于是让宝山看得忘了神，连卫生间也不去了。于是，他爆发出一种让所有人震惊的执着精神来，开始疯狂追求那个女服务员，用了各种方法，以前身边的人从来没见过他有这样的勇气和胆量。便有人打趣他："是不是看人家小姑娘指甲剪得好啊？"宝山郑重其事地点头："好，真好，我喜欢！"

终于，那女服务员被宝山打动了，两人开始了正式的相处，越是相处宝山越是满意。只是当他把女朋友带回家后，家里人似乎不是很赞同的样子。家里人觉得这姑娘长相一般工作一般家庭一般，根本就配不上宝山。宝山却铁了心，大有非她不娶的架势，看着宝山的神情，想想他的年龄，家里人也只好同意了。之所以同意，还有两个原因：一是这姑娘人的确很好，来家里几次，很是懂事勤快；再就是奶奶喜欢上了这个姑娘，初见时，奶奶正坐在窗前剪指甲，姑娘便上前，接过那把大剪刀，极灵巧地给奶奶剪了起来。这一情景，不但宝山再度失神，连家里人也不禁暗暗称奇。

后来两人终于步入婚姻殿堂，宝山媳妇果然没有让任何人失望，她对每一个家里人都极关爱，细心且体贴，最可贵的是，她很感恩，总是记得每个人对她的好，然后加倍去回报。奶奶整天乐呵呵的，她终于不用自己剪指甲了，因为孙媳妇把那把大剪刀使得比她还灵活，剪出的指甲也更美观洁净。家里人都喜欢上了她，父母说："你小子还真幸运，单看指甲还真找着一个这么好的媳妇！"宝山却撇嘴说："哪是什么幸运，我早就知道她的人好！"

面对家里人不解的目光，宝山告诉他们自己看指甲的秘密。其实，他主要是看她们右手的指甲是不是和左手一样剪得好。因为每个人都是擅长用右手使指甲刀，所以大多都是把左手剪得很好，右手的却是马马虎虎了。他的理论是，人的左右手虽然同样重要，但毕竟右手干得活多些，而用左手使指甲刀把右手指甲剪好的人，一定是聪慧而感恩的，那是左手对右手的报答。如果一个人，连自己亲近的左右手都不在乎不去爱惜，还指望他能对别人好吗？

宝山对家里人说："我是看了奶奶剪了那么多年的指甲才悟出来的道理。那天，在饭店里，我正好就看见我媳妇正在用左手拿指甲刀，仔细地给右手剪指甲。于是，我立刻就爱上她了！"

第3辑

奇

——感叹里的沉思

独　寻

他猛灌了一口酒，花白的胡子抖动着对青年说："那些年，我在山林一钻就是几个月，像你这样自己来山里旅行的，一个也没碰到过！"

青年说："怎么没有？你不就是嘛，和旅行也没啥区别！"

"确实，也算是旅行吧！"他目光飘忽了一下，"不过，还真有一次，六十岁那年，我去了趟大兴安岭，就是你的家乡，是真正的一个人，没带枪，也没带别的捕猎工具！"

窗外北风卷着雪花，青年来了精神，他愿意听这个老猎人讲过去的事。

他又喝了口酒，却讲起年轻时捉紫貂的事。

"紫貂你知道吗？很傻的小东西，那时它们多，捉起来也很容易。冬天，我脱了衣服在山上雪里躺一会儿，它就自己出来了，用尾巴盖在我身上，十拿九稳。貂皮真是太值钱了！"

这样讲着，他混浊的眼睛却蒙上了一层亮光。青年也是神情肃然。

"后来，捉的人多，紫貂就没有了。再后来，禁了猎，它们也没再出来。大家都说，被我们捕绝了。禁猎后我就天天喝酒，眼前总晃着那些小东西。那年，我为了散心，自己就去大兴安岭旅行。也是每天在山林里走，不再小心翼翼，也没有那么毒辣的眼神，就是为了放松！”

青年问：“您是去找紫貂的吧？”

他端起酒杯，却终又放下：“对，我自己去旅行，其实就是想找到它们，再看一眼它们。我一直待到冬天，甚至像以前那样脱光躺在雪地上，它们也没有出来为我焐暖。我希望它们是变聪明了，而不是绝种了！”

他拿起杯一饮而尽，擦了把眼睛，问：“小伙子，这大冬天的，你怎么一个人跑山里来了？”

青年也是一口喝干了杯中酒，红着眼睛说：“我也是来找紫貂的，我爷爷也是猎人，他也找了好多年，临死前叮嘱我，一定要来小兴安岭看看……”

半瓶酱油

起初是一个很简单的故事。好多年前，一个七岁的孩子，家里贫穷，听别人说酱油泡饭很好吃，就一直想吃一次。可家里根本没有酱油，他甚至没有见过酱油是什么颜色，在他的想象中，酱油应该是世界上最好吃的东西。

一个午后，这个孩子偷偷溜进村里的一户人家，那户人家是从城里下放来的，他想在这家里一定有酱油。他在这家的外屋灶台附近仔细寻找，终于在地上的角落里看到一个棕色小瓶子，里面有小半瓶液体。想着这一定是酱油了，便抱进怀里飞快地逃回家。

晚饭的时候，他吃得很少，把分给自己的那小碗米饭偷偷留了半碗出来。天黑之后，他在房后无人处，端着那半碗米饭，找出藏在草丛中偷来的那半瓶酱油，把酱油都倒进碗里。用筷子搅拌了几下，似乎闻到了一种特殊的香味。正要吃的时候，忽见小他一岁的妹妹来到身边，眼巴巴地看着他。他一直都对妹妹最好，心里犹豫了半天，还是把碗递给妹妹，告诉她这是世界上最好吃的东西。看着妹妹吃完，他虽然强忍着馋意，可心里还是有着一些自豪。

故事到了这里，就有了变化。妹妹吃完那半碗酱油泡饭，回到房里睡下没一会儿，就大喊肚子疼，而且口吐白沫，全身抽搐。村里大夫来看，说是农药中毒，于是找马车去镇上医务所，在镇上医务所洗了胃，并没有好转，又连夜去了县城，半路上，妹妹就断了气。他哭得极伤心，却没敢和家里人说酱油泡饭的事，本来家里对小孩偷东西就深恶痛绝，再加上导致妹妹因此送了命，他更是不敢说出来。只是他小小的年纪便开始沉默了，有时整天也不说一句话，人们都说妹妹的死对他打击太大了。

再说说故事外的一个人，也就是男孩去偷酱油的那家的男主人。他二十多岁，他从城里被下放到农村，这些年也是受尽了艰辛，还有许多白眼冷遇。更不能接受的是，慢慢地，一起来的同伴都返城了，只有他遥遥无期。高强度的劳动对肉体的打击，看不到希望对心灵的打击，使他一下子丧失了继续活下去的勇气。于是从生产队偷来半瓶农药，准备在那个夜里一个人静静地离开这个世界。

可是到了晚上，竟怎么都找不到那半瓶农药了，他清楚地记得放在外屋的墙角，却不翼而飞了。他猛然想到，一定是有人偷偷地注意到他的行动，怕他死，把农药拿走了。如果是这样，说明在这个世界上还是有人关心着自己，生活也并不是完全失去了希望。如果不是这样，也是上天注定不让他因此就死。总之，那一夜，他想了许多，放弃了死志。后来，他终于苦尽甘来，得以返城，并顺风顺水地发展得极为不错。他常常会想起那个夜晚，想起那个拿走了那半瓶农药的人，他甚至多次回到当初下放的那个村子，问了许多人，都没人知道当年的事。他出资在那里修公路办企业，虽然已经不可能找到当年的那个人，可是能为村里办些事，也算是报答一下救命之恩了。

只是每次进村，他都没有注意到，在村头的第二家，有一个看起来比他还要苍老的男人，独自坐在院子里，望着天空，不知想些什么。那是村里很怪异的一个人，才四十多岁，却已经头发全白了。而且有个怪癖，从不吃酱油，做菜都是用自制的农家大酱。许多年以来，一直如此。

背后的子弹

冲出战壕的时候，班长赵锐只觉得兴奋，他大步向前，狂风，还有子弹的呼啸，他都没有一点儿的恐惧，这样的场景他经历得太多了，竟是喜欢上了这种感觉。忽然，一丝莫名的凉意夹杂着不安涌上心头，只觉背后异样，猛回头，却见战士钱万里正跟在身后十来米处，黑洞洞的枪口晃动着，不时划过他的后心，他不禁颤了一下。

赵锐瞬间想起，许多次战斗都是这样，冲锋的时候，钱万里就跟在他后面不远处。他的心更是紧提了起来，作为班长，他没少收拾这个沉默的战士，总是找碴儿让他吃些苦头。有时是钱万里真的犯了错，有时是无事找事，不为别的，他就是讨厌钱万里的冷淡与冷漠，这个兵蛋子，不会讨好班长，也不会笑，让人心里不舒服。赵锐回想起刚才钱万里看着他的目光，比那枪口更让人心生寒意。这种眼神赵锐在钱万里的眼中已看过多次，说不出的阴寒。这小子总跟着自己，不会瞅冷子照自己放上一黑枪吧！

钱万里的心里也的确是这么想的。每次冲锋，他都紧紧尾随赵锐，他甚至无视迎面而来的弹雨，眼中只有那个让他痛恨的背影。他是有着痛恨的理由的，他才十八岁，偷偷跑出来参军，就是为了躲避养父母的虐待。从小到大，他是在阴暗的际遇中成长起来的，心里已经没有了温暖，虽然不至于去恨每一个人，可他也不再相信任何人。他只是本分地当一个兵，作战也勇敢不退缩，可这却引来了班长的不满。有一次，他不小心打翻了自己的那份饭，却被班长痛斥，不但饿着肚子，还被关了一夜的禁闭。他没想到逃出那样的家庭，却又迎来这么一个班长。他的恨便疯长起来，每一次他的手都攥得发白，下定决心一定要报复。

已经越来越接近敌人的阵地，不少战士都倒在了冲锋的途中。那子弹也越发密集起来，可却影响不了这两个人的推进速度。随着脚步的迈动，钱万里的步枪枪口也在不停地抖动，而枪口的前方，就是赵锐。赵锐也因此一阵阵地脊梁发冷，奔跑的身姿也有些僵硬。前方，敌人已经冲出阵地，战斗的短兵相接异常激烈。混战之际，钱万里觉得机会来了。他不停地开枪打倒对自己构成威胁的敌人，同时寻找时机要向那个背影开上一枪，而这一枪，一定要毙命，还要做成是敌人射击的假象。赵锐听着身后的枪响，见敌人一个个倒下，暗自嘘了一口气，同时笑自己的多疑。于是恢复了状态，围拢过来的敌人在他的枪口下一个个倒地。

冲到敌人阵地前，兵员已经大幅减少，敌人也呈包围之势靠拢过来，几乎四面都有敌人。见这情形，钱万里一阵激动，这就是最好的时机！他机警地四顾，敌人又倒下许多，前面的班长也撂倒了不少敌人，在全排，他们两个的单兵作战能力是最突出的，钱万里想也许正是因为这个，赵锐才会收拾他。见周围的敌人有些退缩，暂时对自己构不成威胁，钱万里的枪口暗暗对准了前面背影的心脏位置，他相信自己的枪法，手因用力而微微颤抖。全身也出了汗，风更猛，他忽然打了个冷战，感觉到冷。那一瞬间，他记起一个同样寒冷的时刻。那时他躺在战壕里，午夜，冬季，睡梦中被冻得醒过来，而更大的困意再度让他迷糊，只觉得一个草垫子忽然盖在身上。他微微张开眼睛，只看见一个模糊的背影。而此刻，那背影正在清晰。

赵锐仿佛有预感般转过身来，见钱万里的枪正直直地瞄着自己，他下意识地举枪。钱万里的枪响了，而赵锐的枪也响了。有那么一刻，赵锐觉得无边的寂静，自己仍然站着，转回身去，一个接近他的敌人正在倒地。钱万里见到赵锐开枪，脸上竟露出了微笑，可身上却没有痛的感觉，一个敌人在他身后正慢慢倾倒。

两人对视了一眼。赵锐骂道："发什么呆，快跟上，小心我收拾你!"钱万里提枪而上，全身的寒冷顿消。战场上，两个身影正所向披靡。

标　记

从起事起，林一然就知道爷爷每天侍弄他的那些花。夏天里，房前屋后地栽种，冬天，在一些破盆破罐里栽种。都是同一种花，并没有看出有什么特别的美。而爷爷却如同命根子一样呵护着。据说，那是爷爷自己经过多次配种杂交而生成的品种，天下独此一家。

在那个连饭都吃不饱的兵戈乱世，爷爷对这些花却有着特殊的感情。林一然对爷爷的做法充满了好奇，爷爷的腰间，长年挂着两个小小的布袋儿，一个装着烟叶，另一个则是花籽儿。没事儿的时候，就掏出一小把来，逐粒地摆弄。那时村里寥落无比，很多人家都逃荒的逃荒，避乱的避乱，即使留下来的，也是终日惶惶，一片死气沉沉。唯有林一然家，一院子开着的花儿，仿佛一个标记，在破败之中分外耀眼。所以常引来那些流离的人，以为是家境好，上门乞讨。

林一然当兵走的时候，爷爷还弯着腰，给那些花浇水。他说："爷爷，我要去打鬼子了！"爷爷像是没听见一般，依然凝神看着花。林一然又说："爷爷，等我们胜利了，咱们就有好日子了，到时我开一大片地，专门给你种花！"爷爷站起身转过脸，眼中漾着一丝暖意，腰间的两个布袋儿也晃动着。林一然就这样踏上了征程，身后是一片灿烂的绽放，和一个身影。

经历了大小战斗无数，林一然也在枪林弹雨中跋涉过太多的山山水水。他作战勇猛，仿佛与鬼子有着血海深仇，事实也的确如此，他的父母都惨死在鬼子的屠刀下，是爷爷把他拉扯大的。每当和战友们谈论起老家，他都是一脸的灿烂，如家中那些花儿。他对大家说："我家最好找，进了村，看哪个院子里开满了花就是我家！"

而再次回到家，已是六年以后，终于迎来了抗战的胜利，林一然的部队也正好经过家乡。他跑进村子，脚步像心情一样急切。可是，却没能看见那一院子的花开，入目的，只是断壁残垣，还有着火烧过的痕迹。他在废墟里茫然地找寻着，却没有爷爷。

他向乡亲们打听，乡亲们悲痛地告诉他噩耗，在他离家的第三年，爷爷就被鬼子害死了。因为爷爷时常掩护一些受伤的八路军，被鬼子发现，烧了房子，把爷爷带到村南的荒甸上，活埋了！

林一然哭倒在地，想起当年自己离开时对爷爷说过的话，想起爷爷那转头间温暖的眼神，悲从中来。哭够了，他问起爷爷的埋骨之地，乡亲们也说不清楚，甸子那么大，每处都一样，记不清活埋的具体地点也是在情理之中。

林一然疯跑向村南的荒甸，乡亲们在身后跟着。正是五月，甸上杂草丛生，他在心底不停地呼唤着爷爷，风吹草动，却没有一处回应。忽然，他远远地看见一簇簇花儿开放，仿佛一团团火点亮了眼睛。他冲过去，在花丛中，他细细地看着，就是爷爷长年种的那种花，独此一家。他缓缓跪在地上，对乡亲们说："我爷爷就埋在这里，这些花就是标记！"是的，除了爷爷，再没人能种这种花。

一个乡亲忽然说："我想起来了，你爷爷遇害时，我也远远地看着。当鬼子往坑里填土时，你爷爷向四外扬了好几次手，好像扔出了许多东西，肯定是他布袋里那些不离身的花籽儿了！"林一然可以想象出当时的情景，爷爷在生命的最后一刻，撒出那些花籽儿，也许就是为了自己回来时，能找到他吧！那些种子生根发芽，拔节开花，然后花籽儿随风洒落，几年下来，这里已是这么一大片花了。仿佛爷爷的身影仍在花丛中，回头冲他微微地笑。

悲伤的心底有了暖暖的感动，只要这些花儿还在，自己就永远找得到家，找得到爷爷，在林一然的心中，那是最美的标记，在生命中永远灿烂！

出　轨

他拉着她的手走在长长的铁路上，每天的黄昏，两人都要沿着这段铁路走到远处的一个人工湖边，在那里坐上一会儿，再原路返回。

他紧紧地拉着她的手，小心地带着她走在枕木上，几年来一直如此。自从她的眼睛失明以后，他就成了她的眼睛，成了她的盲杖。每天的这段时间，这条铁路上都没有火车经过，在寂静的暮色中，走在一段一段的枕木之上，有一种拾级而上的感觉，就像在生活中艰难的脚步。他从没有告诉过她，在铁路的下边，就有一条平坦的小路。

而有一天，他却松开了她的手，说："你应该练习自己走这段路了，我不可能一辈子都守在你身边，如果我有了什么意外，你该不能自己走这段路了。"感动之余，她摸索着迈出了一步，没有了那只手，她不禁有些摇晃，他大声说："别怕，我在你身边呢!"她放下心来，一步一步，踩着枕木慢慢地向前走。

后来，在铁路北边不远处新建了一个电厂，于是这里平添了一份喧嚣。有一天，两人一前一后地走在铁路上，忽然传来一阵轰鸣，声音由小渐大。此时她已能自己走得很稳了，她骇然止步，惊问："是什么声音？"他说："别怕，是电厂里排汽的声音！"她这才安下心来。

那天，两人从人工湖边离开，还没有走到铁路，忽然一列火车从铁路上疾驰而过，发出巨大的轰鸣。他很吃惊，这个时间应该没有火车从此经过啊！她显然没有他那么吃惊，只是淡淡地问："电厂又排汽了？"他犹豫了一下，说："又排汽了！"

那以后每天的这个时间，这列火车都准时从这里经过。他明白，这是新加的一次旅客列车。她也明白，常常自语："这个电厂的排汽还挺有规律的。"说完便笑，他也跟着笑。

这一天傍晚，他们在人工湖边坐了一会儿，他起身说："天快黑了，回去吧！"她站起身，说："今天的时间过得好快！有些像当初谈恋爱时呢，那时我们坐在这里，没觉得有多长时间，一下午就过去了。"说完，她笑着往回走。他的心忽然被突如其来的回忆撞疼了一下，他的手插在口袋里，紧紧地攥着一张照片。

走在铁路之上，他抬起手看了看表，对前面的她说："小心点，走稳些！"她轻快地应了一声。他悄悄地走下铁路，来到小路上，就在这时，那火车从远处驶来。轰隆的声音也由远渐近，她笑着说："又排汽了……"后面的话便被巨大的声响吞没了。

她有些奇怪，今天排汽的声音好像比每天更响些。这响声掩去了身后他的脚步声，听不到那熟悉的足音，她有些心慌，竟一脚踩脱了枕木，从铁轨上摔了下来。那一瞬间，火车在她身边疾驰而过。她大惊，高喊了一声："火车！"便倒在了地上。火车过后，她爬起来，哭喊着他的名字，并疯了一样向铁路上跑去，摔了好几次，她依然在枕木间摸索着。

他在不远处凝望着这个情景，眼泪忽然涌上来。他快步跑过去，一把抱住了她，说："别怕，我没事!"她紧紧地抱着他，良久，才停止哭泣，说："过火车了，我以为是排汽呢，幸好我及时地摔下去了。你没受伤吧!"他擦着她脸上的泪，哽咽着说："我没事，只是摔了一下!"两人依然紧紧地相拥。他偷偷地丢掉了那张已经攥皱了的照片。

那以后，他们再也不在铁路上行走了，他告诉她，铁路下面新修了一条小路。每天的黄昏，他们漫步在小路上，他依然紧紧拉着她的手，一刻也不想松开。

第五只鹅

有一天，他突然觉得，自己似乎发现了奇迹。放了好几年的鹅，终于等到了那只鹅的出现。三年前，他来到这个农场放鹅时，就有着一种预感，自己可能要在鹅身上，有着惊人的发现。

一条河边，一片大草甸上，有着许多放鹅人。每个人都像个将军，手下一大群士兵。他是最沉默的一个将军，也是别人眼里很怪异的将军。别的将军都是一把年纪的人，而他却只有二十多岁，不在城里好好闯番事业，偏来这偏远之地放鹅，很是让人不解。对这些他不管不顾，此刻正眼睛瞪得溜圆，紧盯着正从水里爬上岸的鹅群。

鹅群在一只大鹅的带领下，排着队上岸，他仔细地数着："一、二、三……"到第五只时，他的眼睛唰地就亮了！这第五只鹅平凡无奇，扔进鹅群里一点儿也不显眼，背上有一小块黑羽，最常见的雁鹅，可他牢牢记住了这只鹅。此鹅非同一般，它总是出现在第五的位置。一百多只鹅，他曾仔细观察过每一只，就这一只与众不同，连头鹅都是经常更换，而第五的位置就是这只鹅的。他因此在此鹅身上做下了一个记号，怕自己眼花看错。有时候，主人想杀只鹅，他就会去选前头的几只，即使如此，那鹅也绝不排在更前面，依然慢悠悠地走在第五的位置。

有一天傍晚，他赶着鹅群回去，斜刺里蹿出一条狗来，鹅群惊乱，一只鹅竟展翅飞上了高空，向着远方滑翔而去。他和那狗都看呆了，他从没想到，鹅居然也会飞吗？等赶走了恶狗，鹅又恢复了秩序，他发现第五只鹅不见了，重新出现在第五位置上的，是另一只鹅。飞走的竟是那只鹅！他高兴，也失落，高兴的是那只鹅果非凡品，失落的是，从此飞去无踪。

没想到，第二天，他把鹅从圈里放出来赶去河边时，发现它竟回来了，依然悠然地走在第五的位置。他擦了擦眼睛，没错，就是它！真难以想象，它是什么时候、怎么回来的。心里很是兴奋，看来，在这只鹅身上发生什么事，都是正常的。他抑制不住那份喜悦，就跑去告诉自己在这里唯一的朋友，也就是鹅主人的儿子。他对鹅研究的所有进展，都会告诉朋友，朋友也支持他，对这方面也挺感兴趣。朋友听了他说的话，同他一起来到河边，鹅吃过草正在下河，第五只鹅依然在。朋友问："你看准了？真是那只吗？"他拍着胸膛说："绝对不会认错，我在它身上做了记号的！"于是两人再度感叹。

这个朋友和他有着类似的经历，都是在大都市中撞得头破血流，倦了，失望了，便渴望一份简单的平静。不过朋友同他还不一样，朋友似乎还是有着斗志的，正在自己筹备着一个特色养殖基地。也经常劝他振作，不能和鹅过一辈子，他只是说："等我找到一只不一样的鹅，也许就有信心了！"真没想到，三年了，放过那么多鹅，终于被他找到了！

鹅的奇迹在继续。有一次，他回城里办些事，要两天才能回来。这期间，朋友给他打电话，告诉了他一个不幸的消息：

"你的那只鹅昨天被我爸宰了招待客人了！真是对不起，我没能及时发现制止！"他一听，立刻急了，事也不办了，火急火燎地赶了回来。到了河边，那些鹅正在吃草，他像疯了一样去赶那些鹅，鹅们于是纷纷下水。他瞪着血红的眼睛看着那第五只鹅，看着看着，眼里的血丝尽去，忽然狂笑起来。

他找到朋友，质问："我正办事呢，你咋开这样的玩笑？"朋友一脸不解，他说："那只鹅还在那儿呢！你看急得我这头汗！"朋友不信地说："不可能！昨天我看到时，鹅头已经被割掉了，我特意仔细看了，还有你做的记号在上面！"他于是拽着朋友到河边，把鹅又赶起，果然那只鹅仍在，记号也分明在身。朋友疑惑了："你是不是在多个鹅身上做过记号？"他一撇嘴："别的鹅我才不注意！真的不是你看错了？"朋友也有些不敢确定了，只好说："要不是我看错了，要不就是这只鹅真的有些奇怪！"他也深以为然地点头，他更希望是后者。

朋友说："这鹅果然被你找到了，看来你在这里的日子也不多了！"他一想，的确如此，自己当年就是这样想的，看来，世界上不会有比找到一只神奇的鹅更难的事，还有什么可怕的？不久后，他真的离开了，带着那只鹅。只是回到城里后，他渐渐发现，这只鹅似乎已经没有了当初的灵气，可能是环境变化所致。后来鹅便死了，他却没有扔掉，一直期望着它能活过来，可是过了好多天，都快腐烂了，他才断了这份希望。

不过，他现在已经有了全新的生活，事业蒸蒸日上。只是很久以后，他和当年在农场的那个朋友在一起喝酒，又提起那只鹅，朋友说："那鹅确实很神奇，真的只走在第五的位置！"他说："那算什么，你忘了那些别的神奇之处了？"朋友哈哈大笑："别的我倒没发现。那次飞走的事，是事后我弄了一个相同的，做了记号骗你，当然杀的那次也是我做的手脚!”他一下子明白了，心里虽有着遗憾，但更多的是感动，他知道朋友只是想让他早日找回充满信心的自己。

他举杯敬朋友，两人畅饮。忽然，他猛地停下酒杯，说：“不对！不对！就算你换了别的鹅做了同样的记号，那鹅怎么也总在第五的位置?”朋友的手一颤，酒洒了好多，也是脸色大变。

两人相对无言，却是再也无心喝酒了。

冻死在山林里的猎人

那个腊月，封枪多年的老猎人冻死在山顶，在密林里，在积雪中。

他年轻时是高手，各种珍奇的动物都能手到擒来。比如说紫貂，特别是野生紫貂，皮毛价值千金。一代一代的传说中，都说紫貂性善，人们常裸卧于雪中，它们就会用自己的粗大的尾巴覆于人身上，为其取暖。因此可轻易将其捕获，且不伤皮毛。他也曾试过，竟是果有其事，十次能有五次会有收获。那些年，远远近近山岭之上，到底有多少紫貂被他擒住，他自己都数不清。

四十多岁的时候，他突然就埋了自己的猎枪，不再打猎，那时还没有禁猎，别人都不理解他的行为。只有他知道原因，有一次去山上打猎，就发现了紫貂，那只紫貂就伏在一个小孩身上，那小孩已经冻得奄奄一息。他心下高兴，既可得紫貂，又能救人。到近前一看，竟是自家孩子，他年近不惑才得子，一直视为掌上明珠。紫貂见他过来，竟不肯溜走，依然用毛尾盖着孩子裸露的部位。甚至他将孩子抱起时，此貂也逡巡不去，眼巴巴地看着他怀里的孩子。想想从前曾害死过的无数紫貂，他从此毅然告别了猎户生涯。

年龄渐增之后，他越发地为自己当年的行为而愧悔。好在现在已经禁猎，紫貂也被列为濒危动物，属于国家一级重点保护物种，他心里便有了些安慰。只是，山林里的紫貂却似乎绝了迹，再也看不见它们可爱的身影。他有时真的很想再看看那些小东西，用最纯净的目光，可是却不可得。

有好多次，在冬天，他挣扎着爬到山上，脱掉棉袄躺在那里，却再也没有一个温暖的身体来将他覆盖。人们都笑他，说这么大年纪了，还想着捕紫貂，再说传说中的事，真假尚不可知，就算真的捕到了，敢拿出去卖吗？此时已经没有了猎人，紫貂的事依然是传说，且变得越来越遥远。他为此冻伤过好几次，后来家人紧紧地看守着他，他才没有再到山上去。

那一年，他觉得自己时日无多，心中的那种渴望就越发强烈。终于在腊月的一天，他瞒过家人，来到山坡上。一路不知摔了多少次，他都没有放弃。来到一处平整的雪地上，他脱掉棉衣，躺了下去。无边的寒冷无法阻挡内心的希望，他就静静地躺着，等着，直到闭上眼睛。在最后头脑清明的时刻，他还在想着，他依然愿意去相信，这些山上再出没有紫貂了，而不是紫貂变得聪明不再善良。

人们发现他时，他已经冻得僵硬，在他旁边的雪地上，有着三个字：“对不起！”

寒光闪过

仿佛只是刹那间，一道寒光映亮了黑暗。王元无力地躺在地上，眼看着那道寒光扑面而来，心里却忽然平静下来，那一刻，生活在记忆里鲜活起来，从心头滚滚而过。

七岁的时候，王元被一个神秘的中年人强行带走，在一处深山老林里隐居。他本就是个以讨饭为生的孤儿，在哪儿都一样，不过那人却是充满了邪恶，虽然他很小，却能看得出来。后来，这个被他称为师父的中年人，开始教他极其厉害的功夫，那功夫也透着邪恶。不过也好，学会了厉害的功夫，就再也不用怕那些常欺负他的人了。在几年的乞讨生涯中，王元可是受尽了凌辱，每天都会面对无数白眼冷遇，于是他拼命练功。

除了教他练功，师父还常给他灌输一些全新的做人理论，虽然知道那些东西都是为世人所不齿的，可王元还是有几分接受，因为有些东西很契合他那受尽欺辱的心性。不但如此，师父还定期带他出去历练，他曾眼睁睁地看着师父杀人，无论好人还是坏人，都是用最痛苦的方式杀死。从起初的恐惧到最后的习以为常，这期间王元的心性也日趋稳固。

后来发展到让王元去杀人，师父并没有跟着，只是让他将人头带回。王元对杀人已不再陌生，虽然还不曾亲手结束过一个人的生命。他心里也有着嗜血的冲动，可是该杀什么人呢？师父交代必须杀人们认为的好人，这样才符合要求。他也挣扎彷徨了好久，最后还是带着人头回来交差，师父看着那些人头，不住地点头，说：“唔，不错，都是远近闻名的大善人、大清官！你小子比师父我当年还狠，有前途！”

从师学艺的那些年，王元杀死的人有多少，已经数不清，后山堆的一大堆骷髅却说明了一切。而且都是些世间的好人。终于艺成要出师了，可是却要经过师父的最后一道考验。当师父说出这个考验的内容时，王元惊呆了！师父说：“杀死我，才能出山！”

王元丝毫没有犹豫，拿着那把血浪刀直奔师父，与他战在一处。当他终于将师父的前胸洞穿，师父竟露出了笑容，说：“好，够狠，能对师父下杀手，天下就没有你杀不了的人了！”说完闭上了眼睛。

王元下山后，很快回到了他常年乞讨的地方，那些曾经欺凌过他的人都还活得逍遥自在，他很想把他们一个个都杀死在眼前，可是一见到那些人，回想起曾经的种种，怒火竟减少了许多，相反地，还有一种莫名的亲切感在心里涌动。他握在血浪刀柄上的手松了又紧，紧了又松，终是没有拔出来。

可他还是想杀人，那些善人清官立刻成了他的目标，击杀他们，他有着丰富的经验。每杀一个人之前，他都会花上很长时间去观察，寻找最佳时机。王元很快成为一个让人闻风丧胆的大魔头，许多官府捕快和武林正道，都在寻找他。幸好他武功了得，躲过了一次又一次的追杀。可是，他渐渐发现，有一个人总是阴魂不散地缠着他，任他如何腾挪，就是摆脱不掉。

那是一个女人，冷脸冷目冷剑，王元曾和她当面对决过几次，竟也有了有心无力的感觉。王元只有躲和逃，其间还抽空杀了一个清官，这似乎更惹怒了跟踪的女人，对他紧追不舍毫不放弃。可是王元却没有放弃杀人的打算，这一次他竟挑上了武林正道的一位泰斗级人物，相约决战于大江之畔。

王元经历了自杀人以来最艰难的一场打斗，费尽力气，终于让那泰斗倒在血浪刀下。他瘫坐在地上，知道那索命的女人马上就要赶来，可他并没有跑，艰难地从怀里拿出一个本子，蘸着鲜血借着星光吃力地写下几行字。写完后，他再也支持不住，躺在了地上。

他大口喘着气，那道熟悉的寒光就在这时在眼中亮起！血浪刀还在手里，也恢复了一些力气，他却一动也没动，眼看着那道寒光消逝于眼中……

许多年以后，一个白发的老婆婆独坐在一座坟前，身后是她结的草庐，她已经在这里住了三十年了，守着这座孤坟。在她的手上，拿着一个本子，里面写满了血字："巡府张朝天，于某年某月打杀岳丈，某年某月收受贿赂将良民李成收监问斩……"满本子记的都是这些，所谓善人清官，都是一些隐藏极深的大奸大恶之人。她长叹一声合上本子，当初她曾按本中所记逐一去调查，竟无一虚言。

她的眼睛望向黄昏的远天，那里红彤彤一片，仿佛是那血浪刀的光影。

猎

宋石和郑晨是最好的朋友，那个年代，他们都是以打猎为生，常结伴一起，捕获的猎物也是均分。宋石比郑晨长一岁，结婚两年了，幼子刚满周岁。郑晨尚未婚娶，便常在宋石家吃饭。宋石属于憨厚型，对朋友兄弟可掏心窝子了，郑晨是精明能干型，两人在一起，很是互补。

两人上山打猎，也常有遇见危险的时候，比如遇见一些大型凶猛动物熊什么的，就是危机与机遇并存。那样的时候，宋石总是护着郑晨，就像亲哥哥一样，有什么危险都是他担着，郑晨虽强烈反对，可仍是每次都负责断后什么的工作。好在这些年，也都是有惊无险。

这一次两人打猎回来，多是一些小动物，正是腊月，年关将近，两人都有些不甘心，决定再上山一次。虽然宋石的媳妇一再反对，可是两人都铁了心，说要过一个像样一些的年。两人喝了些酒，在那个下雪的早晨，就又向山里出发了。他们每次从山里回来，都会在一些隐蔽处下一些套子，期待下次去时能有所惊喜。

果然惊喜来了，且是大大的惊喜。在一处隐秘的山谷里，在他们下的套子那里，套住了一头黑熊。此时黑熊仍在那里，也不知被套住了多久，目测它如果站起来，得超过两米，两人都有那么一瞬间的失神。如果把它拿下，就不用再往深山里钻了，绝对可以好好地过个大年！这样直接上前是不行的，郑晨举枪，冲着黑熊就开了一枪，黑熊一个趔趄，却是没有移动。郑晨冲宋石比了一个行了的手势，便要冲上前去。宋石一把拽住他，说："老规矩！"便大步上前，准备好一应工具，郑晨端枪在后面紧张地盯着黑熊。

宋石走到近前，这过程中他还极有经验地做出一系列迷惑黑熊的动作，比如转身假装逃跑啊什么的，黑熊并没有反应，这才渐渐放下心来。一到黑熊身前，还没等他有什么动作，黑熊猛然暴起，带起腹部的一串血珠，就扑向宋石。在巨大的黑熊面前，人的力量是那么微不足道。郑晨端着枪站在远处，看着纠缠在一起的人和熊，竟是不敢开枪。最后只好向前空地处放了一枪，那熊便愣了一下，转身跑向山林深处，沿路不知撞倒了多少棵树，消失不见。这熊报复心竟是如此之强，它早咬断了绳套，却不离开，一直等着下套人来。

就这样，宋石离开了人世，抛下孤儿寡母。郑晨便担起了抚养这一家人的重担，不久，他就和宋石的妻子结合了，那是一个漂亮的女人，很善良也很纯朴。平淡日子没过多久，郑晨就不顾妻子的反对，再次进山打猎。以前都是和宋石形影不离，如今孤身一人，在莽莽山林里，很是有一种不适应，可他很快就抛却了这种情绪。他小心翼翼，只想这第一次能猎些小动物就行了。此时，距上次打猎，也就是距宋石出事已经半年之久了，山林里郁郁葱葱，一派夏日的生机。

郑晨一直刻意回避着以前和宋石共同走过的地方，也不知在躲避着什么。却是没走多久，就发现了熊的印迹。郑晨立马掉转方向，他可不想独自去对付这样的庞然大物。可怎么走都能遇见，他感觉是同一头熊，这是一种强烈的直觉。终于，在一个山坡上，他与那只熊相遇了。起初还抱有侥幸心理，一般情况下，不主动去惹熊，熊是不攻击人的。可是此熊就盯上了他，让他心里很是惴惴不安。他只来得及开了一枪，却是丝毫没能阻挡住熊的脚步，反而使熊更为暴怒。熊直扑过来，只一巴掌，就将郑晨扇得飞出老远，撞在一棵树上，软倒在地。熊如影随形般跟上，一屁股坐在他身上，在最后清醒的时刻，郑晨看到了熊腹部的一个伤疤，一下认出正是当初害死宋石的那一头。

那一刻，郑晨心里充满了恐惧，并不是对死亡的恐惧，而是对报应的恐惧。当初他早看出那熊已经挣脱绳套，当初他故意一枪只打在熊的肚皮上，只是为了让宋石自己去送入熊口，只是为了宋石漂亮的妻子。只是没想到这头熊的报复心竟是强得离谱，自己那一枪，就让它记住了。没来得及有什么悔恨的情绪，郑晨就闭上了眼睛。

刘三绝

他姓刘，是我家乡的一位老人。乡人多已忘记其真名，只知他身负三项绝活，故此以“刘三绝”称之。

他的第一个绝活就是能吹奏各种乐器，用乡亲们的话讲就是带眼儿的除了耗子洞他都能吹响。更绝的是，他吹的曲子，特别是用笛子吹的曲子多是极悲凉凄切，有很强的感染力，常吹得人眼泪汪汪，心里想的尽是自己一生中最为伤感之事。

他的另一个绝活便是喝酒，虽穷困潦倒，酒却是不能不喝的。他喝酒与常人不同，随身携带一个军用水壶，里面装的便是自己从镇上打来的酒。他喝酒不需要菜，酒瘾上来了，壶口对着嘴，喉结一阵抖动，不管壶中有多少酒都是一饮而尽，却不醉。有时别人好心请他喝酒，他都是板起脸不给面子，只喝自己壶中的酒，有多少喝多少。喝过之后，便从怀里掏出一根竹笛，坐在村口的路旁吹起来，直吹得夜幕长垂，吹得满村人心里涩涩的不是滋味。

他最后一绝是对女人绝不感兴趣，年轻时如是，年老更是不可动摇，甚至连女人都懒得看一眼。据说，他年轻时曾被女人狠狠地伤过，也不知真假，不过他一生未娶倒是事实。他早些年曾拾回一个弃婴，是个男孩，他连自己都照顾不明白，更别说养孩子了。那孩子能得以顺利成长，全赖乡人的帮助，说穿百家衣吃百家饭毫不夸张。

他给孩子取名刘恋，这个颇富现代浪漫意味的名字让人们很是不解，同时也隐约明白相传的那些往事也许都是真的。刘恋自小便听他爹吹笛子，特别是那些悲伤的曲儿，喜欢得不得了。这年他十二岁，多次央求爹教他吹笛子，都遭断然拒绝。有几次刘三绝看到刘恋自己学吹笛子，他便暴怒若狂，折断笛子，狠揍儿子。自此，刘恋再不敢明目张胆地吹笛子了。

不过，刘恋这孩子特别聪明，他对笛子的兴趣并不是一时心血来潮，他虽然也会吹些曲子，可爹的那些曲儿他却吹不出那般味道来。有一天他偷偷给爹打了壶好酒，他知爹嗜酒如命，喝了酒没准儿一高兴就教了他。果然，刘三绝那日拿起壶咕咚喝了几大口，却没有像以往一样一饮而尽。他瞪着血红的眼睛问刘恋："这酒是你打的?"刘恋是第一次看见爹没有把酒喝尽，而且以往爹都是自己去镇上打酒，不禁心中惴惴不安，小声说："爹，我给你打的是好酒!"

刘三绝一仰脖把酒喝光，脸和脖子都红了起来。刘恋更是害怕，这些年来，他从没见过爹喝酒有过这种醉态。正惊疑间，刘三绝问："你真想学那些曲儿?"刘恋虽心内恐惧，可还是点了点头。刘三绝长叹一声，出乎意料地教了儿子，那一晚，他的笛声响了一夜。

从那晚以后，刘三绝就戒了酒，一滴也不喝了。不但酒戒了，连笛子也戒了。不过，乡人并未感到寂寞，因为刘恋的笛子也渐渐吹出了刘三绝的味道，也能吹得人眼泪汪汪了。

有一天傍晚，刘恋正在院子里吹笛子，此时他的笛子已吹得和刘三绝不相上下，院里院外站了许多人听他的笛声，每个人都伤感不已。当刘恋吹起那首最悲的曲子，吹到动情处，有人已经流下泪来。这时忽听屋里一阵号啕之声，原来是刘三绝在大放悲声。哭声未绝，猛听一声巨响，众人忙进屋去看，只见刘三绝栽倒在地上，手中拿着那只军用水壶，脸上身上淋湿了一片，已然气绝，而那壶中还有酒淌出来。

在帮忙收拾的时候，有人拾起那酒壶，闻了一下，立刻惊道："里面是水，不是酒！"大家忽然明白，刘三绝以前喝的都是水！

安葬过刘三绝后，刘恋把家中的笛子全烧了，从此再没吹过笛子。没有了笛声的乡村之夜，人们于寂寞中感到了一种失落和一份莫名的凄凉。

三个人的一生

先说第一个人。

他叫张朝南，乡村教师，朴实敦厚，典型的山里汉子。他有太多的事迹可以让那一方人永远记住他，为了二十几个学生能顺利上学读书，他变卖了所有的家当，住在学校里，苦苦地支撑着几个村唯一的小学。作为一个极贫困偏远山区的民办教师，他的工资不仅少得可怜，而且被长年拖欠着，他甚至连家都没成。每年涨山洪的季节，他都要亲自去接送各村的学生，在危险地段，他更是背着学生蹚过河水。他的事迹上过报纸，可除了得到一点虚名外，对于他，对于他的学校，没有带来丝毫的改变。

直到暴发那场最大的泥石流。那一次，张朝南在生死边缘走了无数次，救下了二十一名学生，却终有一个孩子被泥石流吞噬了生命。他自责自怨，无法面对那如花的生命在面前陨灭。他觉得对不起教师这个称号，他连一个孩子稚嫩的生命都保护不了。那次灾难之后，他便放弃了教师的职业，成了无数普通山里人的一员。

再讲讲第二个人。

此人叫凌厉。人如其名，他在那个圈子里绝对是人人谈之色变的人物。他是一个保镖，花高价雇他的人极其放心。他的身手，十个经过专业训练的大汉也不是他的对手，他冷酷无情，毫不心慈手软。在一场地下商业纷争中，他和雇主面对几十个人，在谈崩了的情况下，他能将雇主安然带回，身后是放倒了一地的打手。这一事件，已成了保镖界的传奇与神话。

像凌厉这样的人，这样的人生，注定是充满着传奇和神话的。虽然他也曾有过太多次生死悬于一线的时刻，可他却把这些当成了一种刺激，那几年之中他当保镖到底赚到多少钱，没人有计算得清。不过，再美的神话也有落幕的时候，他终因识人不善，在拼死保护一个大毒贩时，被警方生擒。神话终结之处，是萧萧的铁窗生涯。

还剩下最后一个人。

这是一个地位尊崇的企业家，叫封平，年近半百开始创业，在短短几年内将一个小门面发展成大集团公司，让许多业内人士和记者惊为天人。是的，在当今竞争如此激烈残酷的现实之中，他能在几年之中迅速崛起，非是天才不能如此。年过六旬的封平事业如日中天，不过他却很低调，丝毫没有大富豪的派头和霸气。令人感到惊奇的是，他竟然是单身，不知是丧失了亲人还是终身未娶。只是听人说在他的办公桌上，摆着一张小女孩的照片，这也让人们平添了许多猜想。

然而，更令人难以相信的是，封平一夜之间出卖了集团中自己所有的股份，甚至，那些天文数字的财产他全都捐了出去，真可谓惊世骇俗了。有人说，他孤身一人，挣那么多钱也没人分享，自然捐了。可不管怎样，封平做到了，还一下子消失在人们的视线之中，连那些为挖新闻无孔不入的记者也寻不到他的踪迹，就像他从未曾出现过辉煌过。

张朝南、凌厉、封平，三个人，三种人生，仿佛来自三个不同的时空，他们却震撼了太多的人。我是在一个青年教育中心听到关于这三个人的事，当时，一个老者正在给台下数百名问题青年讲课，讲的就是这三个人。那些问题青年，都是游走于法律边缘的人，太多的人因为这一堂课而悬崖勒马。因为，每个人曾经的梦都是纤尘不染的吧。

现在，接着把这三个人的故事讲完。

张朝南不当教师以后，却依然惦记着山里的孩子，为他们的教育问题困扰。最后，他决定去城里打工，想多挣些钱以改变山里的教育现状。可是进城不久，他便发现了挣钱的艰难，而朴实的他也因钱的诱惑而慢慢偏离生命的正轨，开始为了快速挣钱而拼命。而保镖凌厉呢，钱挣得越来越多，每一次想收手时，都想着再干一次，终于身陷囹圄。十年刑满后，他出狱了，由于给大老板当过贴身保镖，耳濡目染，他开始了自己的经商生涯。几年之后，企业家封平横空出世。他这次及时身退，这些年赚的钱被他捐出建了多少所希望小学，只有他自己知道。如今的他，正在一个遥远的山区，在一个崭新的希望小学里，做着迟缓的敲钟人。在他住处的桌子上，仍然摆着那个小女孩的照片，那女孩，就是在那场泥石流中逝去的学生。

五爷的二人转

五爷年轻的时候，对二人转痴迷到了一定的程度，不但爱听，而且能唱，那真是宁舍一顿饭不舍二人转。那时，村里常组织草台班子演出，五爷理所当然地成了主要演员。那个年代基本没有什么娱乐项目，每天天一擦黑，人们一撂下饭碗便去大队院里看五爷他们唱二人转。

后来五爷他们唱出了名堂，十里八村的人都来看，大队院里黑压压地挤满了人，很是热闹。这时候，五爷就唱得特别起劲儿，那嗓子也越发地嘹亮，唱得人们的心也跟着忽上忽下起伏不定。由于观众骤增，班里决定再招些演员，虽然没啥报酬，各村喜欢唱两句的都来报名。经过考核，有几个人便加入了进来。其中有个叫秀梅的姑娘特别抢眼，人长得漂亮，嗓音也甜，很是惹人注目，于是班里便让她和优秀的五爷唱一副架。

五爷和秀梅这一搭档可不得了，真是唱得人们如醉如痴。两人唱得最多的就是《冯奎卖妻》，悲悲切切，直唱得那些父老乡亲不停地擦眼睛。这唱来唱去的，两人的心思就起了微妙的变化，互相看着的眼神也越来越脉脉含情，于是两人的二人转便唱得更默契。只是五爷虽然唱二人转厉害，说话却不行，一卸了装便对秀梅一个字都说不出来。

有一天演出前，两人在大队的屋里上装，秀梅忽然就对五爷说："五哥，你看这也怪了，以前吧，我也常唱，那时唱得最多的就是《王二姐思夫》，自从和你一副架，净唱《回杯记》了，都快忘了《王二姐思夫》咋唱了！"说完，脸红得像抹过粉一样。五爷嘴笨脑袋却不慢，一下子就明白了秀梅的心意，激动得还没上台就甩开了嗓子。那天晚上的演出，五爷心神不定地唱走辙好几个地方，幸好人们并没注意。

后来五爷就和秀梅成亲了，这中间也有插曲，五爷的亲戚们都不同意他和秀梅在一起，说秀梅这个姑娘一看就靠不住，怕是过不长。可五爷上来倔劲儿谁也拦不住，最终两人还是进了一家门。结婚之后两人还是常常去唱二人转，配合得也越来越好，可以说是远近闻名，甚至县里有时都来请他们去演出。

可是好景不长，三年自然灾害来了，这时人们连肚子都糊弄不饱，哪还有闲心去听二人转？于是草头班子解散了，五爷感觉很失落，有时会自己在家吼上几嗓子。此时他们已有了三个孩子，生活更是窘迫，看着那几张饿得合不上的嘴，五爷最后连吼几嗓子的心思都没有了。而秀梅却和他不一样，有时县里还会找她去演出，而五爷在家带孩子，瞅着冷锅冷碗发愁，再没了往日的精神头儿。

终于有一天，秀梅提出离婚，五爷暴怒之下狠揍了她一顿，并不准她再去县里唱二人转。可没过几天，县里竟来个男的接秀梅，看着他们两个暧昧的神情，五爷真想揍他们一顿。可刚举起拳头，那男的竟掏出一沓钱来！五爷看了看饿得连哭都有气无力的三个孩子，手终于软了。

离了婚的秀梅无牵无挂地飞走了，据说她进了县剧团，依然意气风发地唱二人转。五爷的日子可不好过了，虽然有了钱可以喂活几个孩子，可却受不了别人背后戳他脊梁骨。人们说，他原来总唱《冯奎卖妻》，到最后还真把老婆给卖了。五爷从此便阴沉着脸，话都很少说，二人转更是想都不去想了。

后来日子渐好，五爷也没有再找，专心供三个孩子念书。二人转又开始活跃起来，有人找他去唱，他黑着脸拒绝。晚上，听着外面传来唱二人转的声音，他便掩住耳朵躺在炕上睡觉。三个孩子都考上了大学，五爷的神情也轻松了许多。再后来，孩子们毕业，留在城里工作，接他过去，他也不肯，只是一个人在乡下生活。

七十大寿那天，孩子们都回来给他祝寿，村里的老少爷们也来了不少。喝了几杯酒之后，爷爷对他说："老五啊，这么多年了，村里人都知道你是啥样人，别人嚼舌头还能嚼一辈子？孩子都大了，还有啥放不下的呢！"五爷的眼里闪着泪花，仰脖干了一杯酒，忽然就开口唱道："一轮明月呀，照西厢……"

时隔几十年，那嗓子还是那么透亮，却带着一种沧桑与凄凉，在座的人，无不掉下泪来。

越　狱

夜里，张大明躺在床上，怎么也睡不着，望着窗外点点的星光，回想曾经自由自在的时光，便越发觉得那些逝去的岁月都是最值得留恋的。那还是三年前，由于他的一时鬼迷心窍，昏了头脑，冲动之下铸成大错，便开始了这漫无边际的无期徒刑。

起初的时候，张大明并没有感觉出太多的难过来，相反还有一种兴奋和满足感。在这牢狱之中，有人供吃供住，比之原来的辛苦辗转，的确是安逸了不少。可时日一长，枯燥的生活便开始紧紧压迫着他的身心，他开始渴望和怀念曾经和那些狐朋狗友花天酒地的日子，只是，一切都不会再重来了。他还不敢把那份不满和愤怒表现出来，这会导致看守的严厉制裁。像他这样的犯人，有一个固定的看守日夜监视着他。有时，他会自我安慰地想，看守也要永久地守着自己，哈哈，那不也等于被判了无期吗？

有时，张大明会尝试着和看守交流，以期获得其好感，毕竟，这漫长的岁月他们总是要常在一起的。可是，看守的脾气怪异而火暴，很难沟通。刚进来的时候，他还觉得这看守挺不错的，现在一切希望都成泡影了。他从床上跳起来，在牢房中不停地来回走着，不能再这样下去了，这种生活真是生不如死，一定要想个办法出去！

心中一升腾起希望，张大明的心立刻兴奋地狂跳起来。他努力抑制住狂热的情绪，让自己安静下来，仔细地思考着怎样出去。三年来他终于想到了越狱，可具体该怎么实施呢？想人不知鬼不觉地悄悄溜出去，自忖还没那两下子，况且这里壁垒森严。或者将看守打晕再逃跑，这个计划还是可行的，因为最近他开始被迫劳动改造，他不明白，一个无期徒刑的囚犯改造有什么意义，减刑已经是不可能的了。在劳动的时候完全有机会将看守打倒，然后逃之夭夭。可细一思量，还是不可行。自己就算跑出去了，也早晚会被抓回来，看守丢失了犯人，是有责任的，弄不好也会被判刑。所以，看守必定竭尽全力抓捕自己，而且他对自己的生活习性了如指掌，就算跑到天边，也会再度被抓回来。

张大明又陷入深深的苦恼之中，看来只有将看守杀死！他被这个想法吓了一跳，杀死看守固然免除了许多后顾之忧，可他必定还是逃不脱公安部门的缉捕，而且如果再度被抓住，无期都没得想了，一颗子弹就了结了。虽然这样的生活暗无天日，可毕竟还活着，好死不如赖活着，他还不敢拿命去冒这个险。而且他也下不去这个手，看守虽然让人讨厌，却也罪不至死。

思来想去，张大明又重重地躺在床上，感觉说不出的绝望与疲累。难道自己注定要在这里住到死吗？人早晚都有一死，他却不想早死，自杀有什么意义？与其这样死还不如想办法出去。可这办法真是太难想了，他翻来覆去，头脑中仍是乱糟糟一片。最后终于有些昏沉，刚要睡着的时候，却听牢门咣当一声打开了，看守的声音传入耳中："快起来，时间到了!"张大明一惊，知道又该去劳动改造了!

他坐起身来，用手揉了揉涨得发疼的脑袋，外面阳光灿烂，又一天的刑期开始了。他在心里问自己：你真的要这样被囚禁管制一辈子吗？想着未来无尽的日复一日，想着那漫长的刑期，那些痛苦与煎熬，他在心底大喊了一声："不!"看守已经开始不耐烦地催促，张大明又暗自坚定了一下决心，事到如今，不得不为了。他站起身来，两眼放光，一步步走到看守面前，鼓足勇气说：

"我再也不想过这种日子了，我们离婚吧!"

这是我的答案

故事中说，夫妻二人去旅游，这是结婚六七年来的第一次，也是他们心中一直盼望着的。一路的山山水水，他们把幸福的笑声一路播撒。他用心呵护着她，仿佛要把这一切都铭记在生命里。

最后，两个人在海上乘坐游轮去另一个城市。都是第一次见到无涯的大海，他们心里特别激动，站在甲板上，看着远远的海天相接之处，心绪欲飞，想起了《泰坦尼克号》中的浪漫经历。当影片中的灾难真正来临，他们心中的甜美与憧憬便全被打破。于是出现了很危急的一幕，人们纷纷拥向了放下水的救生艇。他护着她一路挤到救生艇前，就在这个时候，发生了惊人的变故。

艇上只有一个位置，男人却把女人推向身后，自己跳上了救生艇。此时，救生艇迅速启动，离开了轮船。女人站在渐沉的轮船上，向着男人大声喊出了一句话。

讲到这里，我问下面的学生："你们猜，在那样的时刻，女人会喊出一句什么话？"

这是我给作文班的中学生们上的一堂课。那些学生们听了我讲的半个故事，都纷纷陷入思索中。女生们特别激动，而且带着很大的怒气，似乎她们此刻变成了那个站在轮船上绝望着的女人。等他们考虑了一会儿后，我让他们告诉我答案。

女生们发言积极。她们激昂愤慨，说的都是“我恨你”“我瞎了眼”等充满怨恨的话语。男生们则理智了许多，也想到更多，他们大多向着美好的方向联想，他们的回答都是“我不怪你”“我爱你”一类的。用他们的话讲，在那样的时刻，女人如果依然会喊出“我爱你”，则比“我恨你”更能让男人内疚羞愧，会一辈子良心不安。

我看向最后一个没有发言的学生。那是一个沉默寡言的男生，他一直很用心地听着别人的回答。我问他，他说：“老师，我的答案，女人喊出的一定是：照顾好我们的孩子！”我一惊，问：“你听过这个故事？”他摇头：“我没听过这个故事，只是我母亲去世的时候，就是对我父亲这样说的！所以，妈妈曾说过的话，就是我的答案！”

教室里一时沉默。我说：“回答正确。其实，不管故事怎样，我们都要向着美好的一面去想，面对苦难面对艰难面对误解面对打击也应该如此，只要心里存着一份美好，就会发现更多隐藏在丑陋下的美好。下面，大家听我把这个故事讲完。”

轮船沉没了。男人逃出生天，女人永葬海底。男人回到家乡，一心一意地抚养着自己五岁的女儿。可是，这次海难的事，包括男人的所作所为，很快就传了回来。一时间，指责声铺天盖地。男人面上却没有羞愧，他只是沉默，于是人人疏远他，人人嘲讽他，白眼冷遇把他紧紧包围。虽然生活更加艰难，他依然把女儿养大。而长大了的女儿知道了当初的事，却对他只有恨。他依然不分辩，默默地承受着女儿的恨意。

女儿考上大学的那天，他就自杀了。对他的死，没有人同情，女儿也没有多少的伤心，在她心里，这个男人十三年前就该死了，活着的应该是连魂魄都不能归来的妈妈。后来，在整理家里物品时，女儿发现了父亲多年前的日记，翻看，一下子呆住。然后泪流满面，痛悔不已。

原来，父亲和母亲出去旅游的时候，妈妈的病已经到了最后的时刻，父亲只是为了实现当初答应母亲的事，带母亲走了一大圈。而在救生艇上只剩一个位置的情况下，父亲只能冲向那唯一的生机，因为，他要肩负起抚养女儿的重担。就像父亲在日记中所写："我多想和你一起沉入海底，可是我不能。为了女儿，我只能让你一个人长眠在深深的海底……"

故事讲完，班上的女生都眼睛红红的，男生们则更沉默，他们怎么也没有想到，故事中有着这许多的曲折。他们此刻也都明白，在那一刻，女人喊出的，只能是："照顾好我们的孩子！"

我知道，我的学生们已经听懂了这个故事，在他们的心中，已经有了一颗美好的种子。世间的善与恶，有时错综复杂难以界定，可是只要心存美好，那么一切都会生辉，一切也都会无悔。如此，他们将来才会给纷繁的世事一个最美的答案。

谁在背后开枪

战斗结束后，班长牺牲了。虽然每次战斗总会有人牺牲，可是班长的牺牲却引起了大家的怀疑。

有人在检查后发现，班长是背后中弹，而当时正是部队冲锋的时候，人人向前，弹雨都是迎面而来。那么，背后中弹，只能说明有人在身后开枪，敌人都在前方，身后的，都是自己的战友。这样的推想，让大家都震惊不已。

此事惊动了连里，惊动了团里，都派人来调查。问了这个班的其他战士，大家回忆起来，都说发起冲锋时，战士刘远刚一直是跟在班长身后的。他性格也有些孤僻，很少和人交流。时间久了，大家也不怎么注意他，倒是班长很不留情面地批评过他很多次，他不服，甚至和班长吵了几次。

这就让大家怀疑的目光都子弹般攒射到刘远刚的身上。问他班长牺牲的经过，他表情很痛苦，垂着头一言不发。问他是不是一直跟在班长身后，他也依然沉默。于是就僵在这里，而班上其他战士则气愤不已，纷纷指责他，虽然上面的人说没有证据不能乱说，可他们却不管，直骂得刘远刚狗血喷头。即使如此，他还是如石头般，垂着头，不说也不动。

大家只好从别的方面进行调查。有人说弹头可能还留在班长体内，可又不忍心再从班长的尸身上把弹头挖出来进行验证，而刘远刚步枪里的子弹已经打光，更是无从判断。可是从他的表现来看，这事十有八九是他做的。正准备把他带回团部继续审查时，这时围观的相邻连队班组的人中，有个人忽然站出来说：“冲锋时，到了敌人阵地边上，我转头看了一眼，他们班长正把刘远刚扑倒在地上！”

团里来的干部问：“然后呢？”

那个人说：“我只看了一眼，当时都向前冲，我就继续往前跑了，没注意以后的事。”

于是又问刘远刚，可他就如同哑巴般，依然保持着那个姿势，面对着班长的遗体，仿佛没有听见别人说些什么。两个战士强行把他从地上拖起，架着他准备回团部。这时候，一队俘虏正被押解着经过。其中一个，忽然转过头来，直直地盯着刘远刚看了几眼。刘远刚有感应般抬头，正看到那个俘虏，他疯了一般冲过去，就像要把那人活活吞掉。

大家急忙把刘远刚控制住。团里干部让把那个俘虏带过来，问刘远刚：“你认识他？”

刘远刚不语，只是眼睛通红地瞪着俘虏。

再问那个俘虏，俘虏说：“我在战场上面对面地看过他，我向他开了一枪，他的命很大！”

俘虏忽然发现地上班长的遗体，仔细看了看，说：“对，就是他们两个到了我们阵地边上，到了我面前不远处，我冲他开了一枪，这个人转身就扑在了他身上，我那一枪就打中了这个人！”

俘虏被带了下去。刘远刚刀子一样的目光，一直追着他。

大家此时也全都明白了。一阵沉默过后，团里的干部很严肃地说：“这件事，我们都有错，我们都在心里怀疑。其实，我们是战友，是兄弟，在战场上，我们是可以放心把后背留给战友的。可是我们今天，却怀疑了自己的战友！现在，我正式向刘远刚同志道歉！”

说着，他向刘远刚敬了一个军礼。而班上的战士，包括周围的战士，全都整齐地向刘远刚敬礼。

大家心里都感到惭愧，是的，战友就是可以放心地把后背留给他的人，而且他们更明白一件事，在冲锋时，有一种情况会背后中弹，那就是在转过身保护自己的战友时！

最后的左手

那时候，我是个小偷。我在各种公共场合掏人钱包，甚至在夜里潜入民宅作案。那个年代人们都特别团结，不像现在的人看见也假装没看见，所以我经常被抓，轻则挨顿臭揍，重则被送进派出所。可我从没悔改之意，甚至从没朝这方面想过。可那个晚上却改写了我一生的历史……

我从窗户进入一户看起来很阔的人家，然后又把窗户关严，以免外人看出破绽。还没等我动手翻东西，主人就从外面回来了，情急之下我钻入床底。我听见开门锁的声音，接着传来一男一女的对话声，听语气他们是一对新婚不久的夫妻，正在谈论刚刚看过的一部电影。我只盼着他们快快上床休息，好找机会跑出去。可他们似乎一点睡意都没有，只听女主人说："庄哥，明天你就去黑龙江了，替我问候爹妈。"然后传来收拾东西的声音，好像在为男的准备行装。后来，女的为找一双鞋还把手伸到了床下，并弯腰向里看了看，我吓得大气都不敢喘，紧紧缩在最里面一动也不敢动，暗暗骂自己今天真倒霉。所幸她并没有发现我。

又过了好长一会儿，两人终于熄灯休息了。我一阵高兴，一点点地向外挪动身子，刚刚从床下钻出来，那女的忽然说：“有点热，把窗户打开吧。”说着便下了床，我只好躲在床尾。女人还没走到窗口，突然大地一阵剧烈的抖动，四面的墙好像都倒了过来，我听见女人一声尖叫，然后便被隆隆声淹没了。我倒在黑暗中，大脑一片空白。不知过了多久，一切都平静下来，我神志也清醒了许多，浮现在脑海中的第一意识就是发生大地震了，我们可能被埋在地下了。我挪动了一下身子，才知道左手被砸在断壁下，我一点疼痛的感觉都没有。我用右手在黑暗中摸索着，发现自己被封闭在一个很小的空间里。上面掉下来的水泥板被床挡住了，要不我非被砸成肉饼不可。我向床边摸去，一手黏糊糊，我摸到了半个人的身子，水泥板的一端正砸在他身上，我想他肯定死了。我试着往外抽自己的左手，可腕部被水泥板压着，怎么也抽不出来。我把右胳膊从袖子里拿出来，用嘴和右手把袖子紧紧勒在左胳膊上，我怕自己流血太多。做完这一切我已累得够呛。

这时，我突然想起了那个女人。如果她不去开窗户，一定也被砸死在床上了。正想着，忽然听见那女人的声音传来：“庄哥！庄哥！”我一阵激动，她还活着！可我不敢开口，我不能告诉她庄哥已经死了。

我被寂静的黑暗包围着，不知过了多久，那边还是没有声音。我有些急了，她是不是受伤很重啊！我急促地敲水泥板，终于那边传来了抽泣声，哭了好一会儿，她问：“你没事吧?”我不语。她又说：“你不是庄哥！庄哥已经死了是不是?”我的震惊是无法形容的。“其实，我在找鞋的时候就看见你在床下了，我去开窗户就是为了能让你出去！现在你可以说话了吧?”她凄凄地说。我说：“你别难过，他已经死了。你怎么样？受伤了没有?”她哭得更厉害了，说：“我们才结婚两个月零九天啊！我的腿被砸在下面了，庄哥死了，我也不想活了！”我一边敲水泥板一边说：“庄哥一定希望你好好活下去，我也希望你好好活下去。虽然我没有资格说这话，可我还是要劝你，连我这样一个小偷都想活着，你怎么就想不开呢？为了你的庄哥，你也该好好地活着啊！”

时间慢慢地流逝，呼吸越来越困难了。一阵阵睡意让我睁不开眼睛。我知道这时候如果睡过去就不会再醒过来。于是我不停地和她说话。她忽然问我：“如果我们活着出去，以后你还做不做小偷了？”我想了想说：‘我要彻底改变自己的生活。”

由于缺氧和饥渴，我们连说话的力气都没有了。我只能隔一小会儿敲击一下水泥板，她也回敲几下，表明我们都还活着。最后我们连敲击的力气都没有了。不知过了多久，我感到光线的照射，听到一片说话声。我向那边看了一眼，一个很清瘦的女人，双腿从膝下被砸在倒塌的厚墙下。只这一眼，我便终生记住了她。后来，我才知道，那已是第三天的上午。

大地震使我失去了左手。我带着满心的伤痛离开了唐山，把自己的左手和那段不光彩的历史永远留给了那片废墟。我来到了黑龙江，一直用一只手工作和生活，再也没有偷过别人一分钱。二十多年过去了，我再也没能见到那个与我患难与共过的女人，应该说是她，让我懂得了手的用途和做人的尊严。

神哭吴三有

当夕阳斜斜地挂在檐前，吴三有便慢慢地踱出家门，满镇子转悠。当他走过每一条街，一些人家便急急地关门闭户，并在门缝墙头窥视，仿佛瘟神路过。而吴三有对此视而不见，悠闲地漫步，嘴里有时还会哼着小调。

在那个兵荒马乱的年代，要说镇里的人最怕什么，除了战争的波及，就是吴三有的哭声了。吴三有虽年过半百，却依然孤身一人，平时少与人交往，独来独往。起初在人们眼中，他只是一个怪人而已，还没有引起恐慌。不过并不是所有人都怕他躲他，其中有三户人家，是他常去的，也是欢迎他的。那便是老实厚道的李一山家、医生赵二才家和兽医冯四良家。

人们对吴三有感到恐怖是从他的哭开始的。他的第一次哭，便震惊了所有人。

那一天，他从赵二才家喝酒回来，踉跄着走过每一条街，路旁的人都对他指指点点。最后，他停留在王大龙家门前。王大龙是乡镇里一霸，虽然快七十岁的人了，却依然暴虐如年轻时。他曾经给日本人当过走狗，经常欺压乡人，大家对他是不敢怒也不敢言。吴三有站在王大龙家的门前，突然放声痛哭。

突兀的哭声带着尖锐的锋芒，刺得几只在地上觅食的麻雀扑棱着翅膀飞向高空。

哭声就像一条不散的无形绳索，把许多人捆绑着牵到这里。人一多，吴三有越发哭得悲切响亮，哭到高潮时，用手啪啪地拍打着大门。围观的人群交头接耳，或喜笑颜开，或幸灾乐祸。终于惊动了院里的人，几个下人出来，把吴三有拖着扔到街中间，说："老爷正病着，还敢来这儿闹事，不打你算是好的了，快滚吧！"吴三有爬起来，拍拍身上的灰尘，似是醒了酒，擦着眼睛走了。

本来以为事情就这样过去了，可是没过三天，王大龙就死了。有心人想起吴三有的那场哭，便觉得这其中有些什么联系，但也只是心里画魂儿。不过，吴三有的第二次哭，便赢得了"神哭"的外号。

第二次依然是在赵二才家喝醉了酒，这次却是跑到好朋友李一山家门口痛哭。这让围观的人们很是不解，想到王大龙的下场，有人便猛然想起，赵二才的老母亲这几天正病危，莫非也要和王大龙一样？老实人李一山从院里出来，并没有生气，搀起哭得正欢的吴三有就送回了家。

过了三天，人们发现，李一山的老母不但没死，而且病全好了，活蹦乱跳地满街走。这一下子就炸了锅，乡人们纷纷议论，这吴三有的哭真是绝了！他的哭，有时是死神的镰刀，收割人的性命；有时又是观音净瓶中的纤柔枝条，把要死的人从黄泉路上牵回来。神哭啊！

于是有人动了心思。这人就是镇里的又一恶霸孙老狠。孙老狠并不老，只是他为人阴险，老辣狠毒，故才有此绰号。他近年来患了一种慢性病，仿佛身体里的每个器官都在慢慢失灵。造访了远近的名医，吃了无数的药，都没有明显疗效。反而是镇里的赵二才的药还管些用，却也只是缓解。

所以，那天孙老狠用刀逼着吴三有来到自家门前，就像是牵着一头待宰的驴。一路上跟着的人越来越多，等到孙老狠家门前时，已是人山人海。大家都伸长了脖子，像一地的向日葵，等着看一出未知内容的好戏。

孙老狠拿着一瓶酒，明晃晃的刀尖在吴三有面前舞动："我知道你喝醉就会哭，你给我喝，全喝了！喝完给我哭，痛快地哭！我倒看看我是死是活！如果病哭好，都好！如果把我哭死，你也得死！"

吴三有接过那瓶酒，拧开盖子，想了想，歪着头对孙老狠说："好！我喝了！我也会哭。反正哭好你的病，我还能有酒喝；哭不好，我死了，烂命一条不怕，而且还有你垫背，值得！"

孙老狠反而犹豫了，他竟是不敢去赌。最后一把夺过那瓶酒，狠狠摔在地上，撵瘟神般挥手："滚！"

浓浓的酒香随着长风渐淡渐远，吴三有哈哈大笑扬长而去，面对他的人看见，他在大笑声中脸上泪水纵横。

三天后，孙老狠暴卒。从此无人再敢招惹吴三有，当然，别人也怕他来招惹自己。

然后好久，镇里人没再看吴三有哭过。正当人们在念念不忘和渐渐淡忘之间徘徊时，吴三有终于又有了壮举。

那个晚霞烧红了半边天的黄昏，在冯四良家喝过酒的吴三有，木头桩子般杵在了蒋六坏家的门前。竟是没人发现他什么时候去的那里，他似乎也没同以往那般先在大街小巷晃悠。蒋六坏有自己的本事，那就是驯养各种动物都在行，曾经给日本人养过战马和军犬。如今他也养着一院子的恶犬，经常在恶犬的前呼后拥中招摇过市，凡是遇见看着不顺眼的，便放狗撕咬。

久违的哭声再度勾起了人们快要熄灭的心头之火，立时间，蒋六坏家门前便成了聚集地。吴三有哭了没有一刻钟，院门忽地打开，无数道犬影如风，直扑向他和围观的人……可次日，蒋六坏家的恶犬都无故毙命了。

吴三有用他的眼泪再次证明，他是神哭，能哭死人，也能哭死狗。他的传奇就这样成为传说，日复一日年复一年地流传。

在某一年的某一天，已经年老的吴三有和老实的李一山、医生赵二才、兽医冯四良在一起喝酒。吴三有举杯敬老哥儿仨："是你们成全了我神哭的名声！"冯四良笑："赵二哥厉害，自制的慢性毒药说让人哪天死就哪天死啊！"赵二才反唇相讥："你的药也厉害，可以让那些狗准时向阎王报到！"李一山听着两人斗嘴，边喝酒边笑："都没有老三的眼泪厉害。"

吴三有也笑，笑着笑着，就笑出了眼泪。

最美的流星

天黑透了，枪炮声已渐渐停止，战士们蜷缩在战壕里，暂时放松一下紧张的心情。经过一天的激战，两翼的阵地已落入敌手，这个营所在的阵地已被分割合围，情势非常危急。而且伤亡惨重，如果天亮敌人发起进攻，是无论如何也抵挡不住的。

李小豪仰卧在战壕里，剧烈的心跳好长时间才平缓下来。他望向黑沉沉的天空，这本是一个很晴朗的夜，没有月亮，星光都点点地闪现出来。蓦地，一颗流星拖着一条光尾划破夜空，消失于远方。身旁的战友张南也看着星空，说："天上一颗流星，地上就会死一个人，不知谁又要牺牲了!"李小豪说："迷信！咱们牺牲了那么多的战友，那流星还不下成雨?"张南躬起身子，说："那是白天，你能看见吗?"说完又重重地躺下，叹了口气说，"要是明早敌人再发起进攻，可怎么办呢?"李小豪亦是无语。

这时，战壕那边一阵骚动，两人忙奔过去，只见负重伤的副营长已经牺牲了。那一刻，两人都想起了刚才那颗流星。营长阴沉着脸说："咱们不能这样坐以待毙，应该派人突围出去，向主力部队汇报战况，然后里外夹击歼灭敌人！”由于电台损坏，和大部队早已联络不上了。张南挺身而出：“营长，我突出去！带主力部队连夜赶回来，把敌人全消灭掉！”营长看了看张南，点了点头，拿出一颗信号弹装进手枪，交到张南手里，说：“大部队要开始进攻的时候，你打出信号弹，我们就反攻！”张南把手枪往腰里一别，跃出战壕，消失在黑暗中。

过了一会儿，远处传来枪声，战壕里的人全都把心提到了嗓子眼儿。特别是李小豪，更是坐卧不安。良久，枪声停止了，战壕里一阵沉寂，每个人都望向黑沉沉的远方，也不知张南有没有突围成功。大家能做的，只是这种煎熬般的等待。时间缓慢地流逝着，李小豪不转眼珠地盯着夜空，并没有流星再划落，张南应该没事吧！

已近午夜，一些战士已经睡着了，而李小豪依然望着夜空，此时他最怕的，就是有流星，他也有些相信张南的话了。张南和他不仅是战友，还是同乡，两人一起参军，从抗战到解放战争，他们都在一起。正自想着，忽然，一颗流星从远方天际升起，闪过一道绚丽的光。李小豪吓得一下子坐起来，心里一片茫然和悲哀，张南完了！直到身边的战士抄起武器，远处也传来枪声，他才蓦然惊觉，那不是流星，是信号弹，是张南打出的信号弹！随着营长的一声“冲”，他们跃出战壕，向敌人的阵地扑去。

李小豪得知好友张南没事，信心大增，他一边冲一边灵活地躲闪着敌人的火力。喊杀声震天，主力部队已突破敌人的第一道防线，反包围成功。在炮火的光亮中，李小豪忽然看见了张南，他急忙移动过去，张南正向阵地上的残敌射击。李小豪刚跑过去，张南却忽然一晃栽倒在地。李小豪扑过去抱起他，见他头上和胸前都冒出血来，一时心慌，大喊他的名字。张南睁开眼睛，见是李小豪，吃力地说：“我是不成了！兄弟，刚才你看见流星没有？那就是我的星星！”李小豪含着泪说：“我看见了，那个流星最大，最好看！”同时，他想起了那颗美丽的信号弹。张南闻言嘴角泛起一丝微笑，慢慢地闭上了眼睛。

许多年过去，枪炮之声早已成了遥远的回忆，李小豪常常在夜里醒来，望向窗外的星空。偶尔会看见流星，他的心就会风起云涌。是的，这许多年中，这一辈子，他再也不会看见那个漆黑的夜里，那颗带着希望的星星从黑暗中升起。那是生命中最灿烂的流星，让他心里时时划过怀念与感动。

寻狗启事

一天在报上看到一则寻狗启事：本人于一周前丢失爱犬一只，此犬系德国名种，黑色，身高25cm，体长60cm，毛略卷，发出“吱吱”叫声而非“汪汪”叫声，颈带银白细链一条。有知下落者请与王先生联系……线索属实，将爱犬身价之10%作为酬金。

看完我心里一笑，这年头什么事都有，狗比人都珍贵了。那时我正待业在家，每日闲着无事便四处游荡，不是在路边下棋就是去公园打扑克。一天，我正在公园和一个老头下棋，旁边围了几个看棋的，老头下棋很厉害。本来我可以支撑一阵，由于旁边一个老头给我支了几个臭着，导致速败。在众人嘲笑中我感觉很没面子，便对支着儿的老头喊：“会下棋不？不会下站在那儿好好学，别瞎支！”老头笑了笑，叨咕了句什么便走了，还牵着一条小狗。我恨恨地继续下棋，只是总觉得有什么东西在心里横着，猛然间脑中灵光一闪——那狗！那老头牵的狗和报上寻狗启事要找的狗很像！我把棋子一扔便挤出人群。

在公园转了好几圈，总算又看见了那老头，我跑到近前仔细看那狗，所有的条件都符合！我心里乐坏了，这下可以赚一笔了。只是，这老头怎么办？我转到他面前，问：“大爷，这狗是您捡的吗?”老头看了看我，没头没脑地说：“我跟着狗散步呢！它带着我走!”我没听懂，又问：“大爷，我是问这狗是您的吗?”他依旧笑着，说：“我跟着狗走!”我仔细打量了一下老头，脸上黑黑的，好像很久没洗过了，一脸胡子，衣服也脏脏的。哦，是个要饭的傻老头！这就好办了！我俯身摸了摸小狗，对老头说：“这狗真可爱，让我牵牵!”说着就去接老头手中的链子，谁知老头把链子抓得死死的，大声说：“我跟狗走！我跟狗走!”我忙松手，怕引起旁人注意。老头牵着狗走了，我没办法，只能远远地跟着。老头很小心，连上厕所都不放手。跟了两个小时，我的腿都累细了，可老头还在公园里转悠着。

后来，老头又回到我下象棋的地方，别看他傻，对象棋倒挺感兴趣，看得很入迷。机会来了！趁老头兴高采烈支着儿的时候，我悄悄地把狗链从他手中拽出来，抱起小狗就跑，小狗很乖，在我怀中不叫也不挣扎。我一口气跑到公园外，回头看老头并没有追上来，才长出了口气。细看怀中的小狗，油黑发亮，的确惹人喜爱。我牵着它来到一个懂狗的朋友家，朋友一见这狗俩眼一亮，说：“你从哪儿弄的?”我一笑，说：“这可不能告诉你。你看这狗能值多少钱?”他说：“这是德国名种，少说也值个万儿八千的!”我心中乐开了花，要发一笔小财喽！

按“寻狗启事”打了电话，那姓王的二话没说约好了见面地点。见面一看，他四十多岁的样子，像个机关干部，他见我牵着狗，并没有惊喜的神情，而是急促地问：“你是在哪找到的?”我说：“别管在哪找到的，不是给你送回来了吗?”他急切地说："不不不，这很重要，求你告诉我！"我心想告诉他也无所谓，便如实说了，他十分激动，一把抓住我的胳膊，问："那老头现在在哪儿？"我说不知道。他颓然地放手，说："其实，那老头是我爸，有老年痴呆症，平时领着狗出去转悠，狗总能把他带回家。谁知一周前人和狗都失踪了！"我问："那你怎么不登寻人启事？"他苦笑着说："如今寻人启事太多，有谁细看？我寻思狗找到了，人不就找到了吗？"我带着歉意说："真对不起，不知你登寻狗启事是为了寻人，走！我带你再去那公园看看！"

转遍公园也没能找到那老头，逢人打听倒都说见过，只是不知去哪儿了。最后，姓王的对我说："算了，这狗值一万块，这一千块给你，我说话算数！"我把钱推开，说："算了吧，这钱我也不能要。你在报上再登个寻人启事吧，没准儿有收获！"他点点头。

第二天他在报上果然又登了一则寻人启事，还配了照片。几天后我给他打电话，他说依然没人打电话提供线索，倒是每天都有打电话问起那狗的。我每天依旧在街上转悠，可是却再也看不到那个老头了。

绝境的隔壁是天堂

老麦克是一个狂热的蝴蝶爱好者，虽然他拥有一家很大的公司，可是工作之余，他把精力都投注在自己的爱好上。在他的收藏室里，各种珍奇蝶类的标本令人叹为观止。在他的影响下，他的家人也都爱蝶成痴。

这一年的夏天，老麦克带着妻儿去非洲度假，之所以选择非洲，还有一个重要的原因，他们想去寻找传说中的金凤光蝶。这种蝶是金凤蝶中的一种，极其罕见，而且美丽异常，只在非洲的原始丛林中才有可能看见。老麦克毕生最大的心愿，就是能做一个金凤光蝶的标本。在宾馆休息了两天，他们一家便向原始丛林进发了。

丛林中有许多让他们惊叹的东西，可他们心中所想的，只是那种美丽的蝴蝶。他们携带了足够的食物，虽然丛林中危险隐伏，可他们仍做好了长久的准备。走了一天一无所获，他们想可能是走得不够远的缘故，虽然也捉到了几只少见的蝴蝶，可和传说中的金凤光蝶相比，却是天壤之别。他们在丛林边缘的一户人家借宿了一夜，第二天一大早便又步入丛林。

老麦克的儿子二十多岁，他的热情更为高涨，丝毫不为荆棘丛生而烦恼，他一边在前面开路，一边大声地叫着父母跟上。渐渐地，他们已进入丛林的纵深，身边的树木也高大起来，越是这种少有人迹的地方，希望越大。林中枝叶密布，已分不清方向，他们只是凭感觉向前行进。忽然，开路的儿子停了下来，侧耳倾听着什么。远处传来一阵密集的沙沙声，仿佛微风吹动细草，却使人不由得心生恐惧。那响声越来越近，正惊疑间，前面忽然蹿出许多野兽。老麦克一家忙躲在树后，紧握着手枪，可那些野兽看也不看他们一眼，飞快地从他们身边跑过，好像后面有什么可怕的东西在追赶着它们。

一见此景，老麦克说："不好，咱们快跑，前面也许有什么凶猛的动物！"此时沙沙声已经逼近，却仿佛从四面八方传来。还没跑出多远，他们就看到了极其恐怖的一幕。只见数不清的绿色虫子从四面涌来，那虫子有两三寸长，如一层绿色地毯般蔓延过来。老麦克一生也没见过这么多的虫子，那虫子越来越多越来越厚，许多没来得及逃走的动物都顷刻间被它们淹没。虽然虫子不食肉，可是它们数量太多，它们会爬进鼻子里嘴里，使人或动物窒息而死。而虫子所过之处，所有的树叶和草叶都一扫而光！

老麦克强自镇定了一下，拉着妻儿向来路狂奔，可虫子的速度极快，很快他们就陷入了虫子的海洋。他们惊叫着扑打着顺腿爬上来的虫子，惊骇至极，心里涌起了绝望。就在这时，老麦克发现了一条从树上垂下来的藤蔓，大喊："快，快爬上树去！"三个人抓着藤蔓蹬着树干，艰难地爬上了树顶。四下一望，无边无际的虫子还在奔涌！刚喘了一口气，他们忽然发现虫子也正向树上爬来！老麦克忙说："快把树叶摘掉！"他们把栖身处的那个粗大树枝上的叶子都摘下来，果然虫子没有爬过来，吃光了其他的叶子便都爬下树去。

惊魂甫定，老麦克看了一下手表，已近黄昏，而那些虫子还在无穷无尽地爬着，也不知有多少。老麦克安慰着脸色苍白的妻子：“别怕，虽然咱们下不去，可暂时是安全的，它们总会爬过去的！”可这时那些虫子已经停下来，沙沙声也顿止，这一来他们的希望顿时落空。蜷缩在树上，他们吃了些食物，天已黑下来，他们不敢睡，小心翼翼地熬过了一夜。第二天清晨，那些虫子仍然一动不动，林中死一般地寂静。老麦克忽然发现，这些虫子的颜色已经起了变化，不再是绿色，而是变成了浅浅的黄色。他们只有继续等，在等待中心却渐渐地沉了下去。

到了下午的时候，虫子们有些慢慢地动了。老麦克一家惊奇地看着，虫子们微微地抖动着，却不是爬行。又过了许久，忽然从虫子中飞出一只巨大的蝴蝶来，在斑驳的阳光中闪耀着金光！金凤光蝶！老麦克一家的心脏几乎停止了跳动。接着，金凤光蝶越飞越多，漫天都是舞动着的美丽身影。老麦克一家不禁泪流满面。

许久以后，老麦克在把公司交给儿子时，说：“孩子，还记得非洲之行吧！我们的事业和生命都是如此，那些虫子就是挫折和磨难，那条藤蔓就是机遇，我们躲在树上，就是等待，绝境中的等待。而最后，却是看见了我们的梦想美丽地飞翔！万事都是这样，希望你能记住！”

是的，在绝境中不绝望，抓住仅有的机遇，而且要有等待的耐心和勇气，就像在冬天等待花开，在午夜等待黎明，太阳总是在最黑暗的时刻后升起。如此，绝境便极可能会通向美丽的梦想天堂！

莫斯科郊外的蜡烛

那是一个极黑极冷的夜晚，枪炮的轰鸣声渐渐地平静下来。克利特丢掉手中的枪，右手紧按住痛得钻心的左臂，身上无处不疼，他望着远处在黑暗中矗立着的莫斯科城发呆。

这是1941年的冬天，德军在苏联本土的战争进入最黑暗最艰难的阶段。上士克利特和他的同伴们多次在莫斯科城外被击溃，他的心渐渐地变得和这个冬天一样冷。这场战争对于他来说，是一场噩梦。每次战斗中，他都感觉到枪的冰冷，只是机械地向前射击。而这次，他却身上多次负伤，一种绝望的情绪紧紧地抓住他的心。

周围是无边的黑暗与寂静，克利特收回目光，发现那些被炮火点燃的荒草和树木，不知何时已经熄灭。身边没有任何人的气息，伸手所及都是同伴冰冷的尸体。他艰难地站起来，踉踉跄跄地向前走，他想走出黑暗，走出可恶的战争。不知走了多久走了多远，全身都已冻透，淌出的血也凝成了冰。就在他想放弃希望将身体交给大地的时候，远处有一簇微微的火光一闪，他揉了揉眼睛，是的，确实是有一点极小的火光在跳跃。他精神一振，奋力向那边走去。

克利特走进了一片墓园，在墓园的边缘，在一座坟前，一支蜡烛正在静静地燃烧着。他快步上前，扑倒在蜡烛旁，烛光猛地摇曳了一下。他抬起脸来，那烛光忽然就映得心里暖暖的。他将双手拢在烛光周围，两手立刻红成了一颗心的形状。那一刻，他有一种想流泪的冲动。这无边的黑暗吞噬不了一支蜡烛的微光，极度的冰冷冻结不住一支蜡烛的火焰。他的心猛烈地燃烧起来，忽然就充满了希望与力量，他站起身，回头凝望了一下那蜡烛，却于烛光中看见了墓碑上的一行字：尼·科拉夫之墓。克利特大步向远处更深的黑暗里走去。

二十年之后，克利特已成为西德一家大公司的总裁，他常常会回想起那荒唐的战争生涯，想起自己九死一生地逃回国内，想起莫斯科郊外的那支蜡烛！如果没有那支蜡烛，他的生命早就冻结在异国他乡的土地上了。而他也牢记了那个名字，尼·科拉夫！他想知道那是怎样的一个人，想知道为什么会有人于战乱的夜里在他坟前点燃蜡烛。带着诸多的疑问，他重又踏上了苏联的土地。

克利特在莫斯科城外几度寻找，却不见了记忆中的那片墓园。也许是当年于黑暗中不辨方向，他竟很难在心中理出个轮廓来。他并没有死心，那些日子，莫斯科的远郊近郊，都留下了他的身影。终于，他在一个烈士陵园中找到了尼·科拉夫的墓，依然是原来那个墓碑，依然有一支蜡烛插在墓前，却并没有点燃。而坟前，无数被燃过的蜡烛痕迹留在那里。他向陵园的看守者打听尼·科拉夫的情况，那人却说自己是刚刚调来这里工作的，对这里埋葬的人都还不了解。不过，他告诉克利特，每个周日都会有人送蜡烛来，每次都送很多，嘱咐他晚上的时候在科拉夫的坟前点亮。

那个周日，克利特遇见了送蜡烛的人，也终于得知了尼·

科拉夫的情况。原来，他是莫斯科城内的一个普通工人，在莫斯科最艰难凶险的日子里，德军的飞机经常来轰炸。于是一到夜里，几乎所有的房子里都不点灯，怕给敌机以轰炸的目标。可是，莫斯科并不是完全黑暗的，至少有一所房子里还亮着灯，那就是科拉夫家。

科拉夫当时三十六岁，未成家，单身一人住在城西的一座平房里。每个夜里，他都要点燃蜡烛，让那昏黄的光亮将自己包围，即便是睡着了，他也要让蜡烛燃着。虽然当时物资奇缺，可由于夜里家家户户都不用照明，因此蜡烛还是随处都可以买到。科拉夫就储备了许多蜡烛，用以照亮整个房间。邻居们都劝他，说他这样做很不理智，很危险，他却说："莫斯科不会是永远的黑暗，就算在这最艰难的时候，我也要为它亮起哪怕最微弱的一缕光！"

终于，在一个夜里，敌机扔下的一枚炸弹击中了科拉夫的房子，他也因此殉难，他的家那一夜燃烧成莫斯科最亮的地方。当他的事迹传遍全城，所有的人都被感动都被震动了，从此每个夜里，千家万户都亮了起来，虽电力中断，却仍有蜡烛的光芒可以点亮全城。科拉夫被人们葬在敌人较少的东郊，而且常有人在夜里潜出城去，在他坟前点起一支蜡烛。

那个送蜡烛的人对克利特说："科拉夫的一支蜡烛，点亮了整个莫斯科，也点燃了所有苏联人的希望和信心！"

克利特说："不，他的蜡烛还点燃了一个德国士兵冰冷绝望的心，我相信，它终将点燃这个世界所有人向往和平的心！"

克利特回国以后，将这个故事讲给了许多人听。而且，自那以后，每个晚上，克利特都会在窗前点亮蜡烛，直到它燃烧起一个个崭新的黎明！

卫生间里的天堂

王宝全夫妇发现，六岁的儿子近来颇为反常，去一趟卫生间要半个多小时的时间，而且把门从里面锁死，怎么敲也不出来。敲急了，就说我没事。这让两口子很是不解和担心。两人曾伏在门上静听，儿子似乎在里面喃喃低语，也不知说些什么。

当儿子豆豆再一次从卫生间里出来时，已是夜里十点多钟，夫妇二人来到他的房间，关切地询问。豆豆却只是说："我真的没什么事嘛！"王宝全对妻子说："要不明天带他去医院看看吧！"妻子点头同意，豆豆一下子急了，说："我不去医院，我没生病！"妈妈对他说："宝贝，那你告诉妈妈，为什么在卫生间里每次都待那么久？"豆豆低下头，半天才说："我在和奶奶说话！"王宝全夫妇大惊失色，因为豆豆的奶奶已经去世两个多月了。妈妈严肃地对儿子说："好孩子是不能撒谎的！"豆豆抬起头来，说："我没有撒谎嘛！我就是在和奶奶说话！"

王宝全夫妇两人又惊又疑，几乎一夜没有睡好，妻子还总是支棱起耳朵，说："卫生间里好像有动静！"王宝全心里也是充满了恐惧，他母亲就是在卫生间里突发心脏病去世的。虽然老太太去世之前，豆豆也经常往卫生间跑，可是每次也没有这么长时间啊！特别是他妻子，更是心慌，因为她一直待婆婆不是很好，所以怕得要命。两人瑟瑟发抖地挨到天亮，这才好了些。起床后才发现，豆豆又进卫生间去了。两人都没上班，把豆豆送去幼儿园后，便开始商量这件事。大白天的，两人也理智了许多，认为世界上不可能有鬼存在的，豆豆那么小的孩子，也不会撒这样的谎，这件事还是要再调查调查。不过，还是心有余悸，妻子便把她妈接了过来，人多也好壮胆。

下午豆豆回来后，看见姥姥非常高兴，很亲热地缠着姥姥讲故事，妻子在一旁看得挺欣慰，她也曾问过儿子，奶奶和姥姥喜欢哪一个，豆豆却很聪明地说："谁来就喜欢谁！"此时，姥姥已经知道了他们一家发生的事，她是个虔诚的基督教徒，却又对教义一知半解，也看不懂《圣经》。她对女儿说："这人死后都会上天堂和下地狱的，你家老太太一定是上天堂了，放不下孙子，就时常回来看看！"吓得她女儿一个劲儿地说："让你来就是因为害怕，你这一来，弄得我们更害怕了！"她说："自己家的人，有啥怕的？"看着女儿的神情，她明白了，就说："知道你担心的事，没事的，去了天堂的人是不和你一般见识的！"

晚上，一家人围坐在一起，等豆豆从卫生间出来，大家准备好好问一下他。结果，在大家的追问下，豆豆说出了事情的经过。原来，奶奶在的时候，豆豆非常爱听她讲故事，可是妈妈不让，于是豆豆经常在去卫生间的时候，叫上奶奶，奶奶就在那里给他讲各种好玩的故事。只是怕妈妈知道，经常是一个故事要讲上一天，才能讲完。王宝全夫妇谁也不知道，那些日子，去卫生间成了豆豆最快乐的时间。奶奶去世后，再没人在卫生间里给豆豆讲故事了，他每次去卫生间，都会想起奶奶，想起奶奶讲过的那些故事。所以，他就一直坐在坐便器上，把那些故事讲一遍，就如奶奶还在身边。说到这里，豆豆哭了，三个大人心里也涩涩的不是滋味。

姥姥在家里长住了下来，豆豆在家的时候，她也常讲故事给他听。只是他去卫生间的时候，还要叫上姥姥。一次，妈妈听见豆豆在问姥姥："你刚才讲的天堂是什么地方啊？"姥姥说："天堂就是最好的地方，是人们最愿意去的地方，那里是最快乐的！"豆豆拍手说："哦，我知道了，卫生间就是我的天堂呢！"

妈妈看见豆豆在卫生间里那一脸幸福的神情，心里就会一阵欣慰，一阵疼痛。

张庄的冬天

这个张庄不是地道战中那个张庄，它是东北大平原上极普通的一个小村子。村子的确小，一百来户人家，却是民风淳朴，虽没达到夜不闭户路不拾遗，却也是一家有事百家帮，和睦而平安。

这一年冬天雪少，天极冷，地上积的薄薄一层雪也被吹到沟沟坎坎之中，冻得硬邦邦的大地就裸露在寒风中，有人就暗自忧虑明年春天将要大旱。这人就是张叔，他站在村外看了一眼晴朗的天空，叹息了一声就朝自家走去。张叔有早起散步的习惯，刚回到家中，就见张婶气急败坏地站在院子里，一见他回来就说："咱家的鸡丢了一只！"张叔一愣，张庄已经有些年没出现丢东西的事了，就说："你再找找，别是跑出去了吧?"张婶说："我都把全村跑遍了，肯定是被人偷了！"张叔也只能安慰几句。

可中午的时候，张叔发现张婶有些不正常，似恼似怒似愁似闷，便是一惊。蓦地想起那年，张婶养的一只鸭子死了，她着急上火竟大病了一场，加上她心眼儿小，这次怕要更严重，因为那鸡是打算过年用的。张叔犯起愁来，这鸡是找不回来了，该怎么让张婶宽下心来呢？他苦思了一下午，终于有了办法。

第二天早晨，张叔散步回来，对张婶说：“怪了，村西的王二家丢了一只鸭子！”张婶闻言一阵惊愕，大骂道：“是哪个缺德鬼干的？咱屯儿咋有这种人？兔子还不吃窝边草呢，真是损透了！”随着骂声，张叔发现她的神情也渐渐舒缓下来。等骂够了，张婶说：“看来咱家还算走运，才丢了一只鸡！”

同一时刻，王二家正在发生着战争。王二媳妇指着王二的鼻子大骂：“都是你平时窝囊，别人才敢偷到咱家门上来！跟了你真是倒了八辈子霉了！”王二说：“张叔家还丢了鸡呢，也不只是咱一家丢！”王二媳妇暴跳如雷：“咱家丢的可是鸭子！再说你和张叔都差不多，都是软蛋，被人骑脖颈拉屎的主儿！你看人家赵老大家咋不丢东西呢？这说明人家比你们都强！”王二脸涨得通红，却又无力反驳，只能在心底暗恨。

第三天早晨，王二从外面回来，一见媳妇就大声说：“这回你还有啥话说？你认为厉害的赵老大，他家不也是丢东西了吗？而且丢的还是一只鹅！哈哈，原来我们一样，都是熊包！”王二媳妇愣愣地说：“这是怎么搞的？谁这么大的胆儿？”

赵老大家里传出一阵哭声，他媳妇鼻涕一把泪一把地正数落他：“平时你总说自己厉害，人前人后人模狗样，咋样？让人偷上门儿了吧？都怨你平时吆五喝六的，得罪了人还不知道，还有脸出去摆谱！这回可是丢人丢到家了！”赵老大把手中的烟屁股狠狠地摔在地上，心中恨恨地想：谁这么大胆，动到我头上来了！嗯，平时就孙三跟我不三不四的，准是这小子，看我怎么收拾你！

第四天，孙三家里就丢了一只羊。自那以后，每一天都有人家丢东西，而且丢的东西越来越多，越来越贵重！没丢东西的人家终日战战兢兢小心防范，可东西照丢不误，真是不怕贼偷就怕贼惦记。腊月二十九这天，村里的最后一户没丢东西的人家也没能幸免。那就是村长周七家，虽然他为人和善，为村民办了不少好事，却被偷得最惨，院子里的一头牛竟无声无息地消失了。

大年到了，家家户户在鞭炮声中过年，年饭桌上气氛很是热烈，虽说丢了东西，却总能找出比自己家更惨的，所以痛惜之情尽去，庆幸之心油然而生，自是不免多喝几杯。张婶在饭桌上也是很奇怪地说："今年冬天真是怪了，自从咱家丢了一只鸡，家家都丢东西！在这住几十年了，还没遇到过这种事！"

而村长周七却是闷头喝酒，心里堵堵的，倒不是因为丢了牛，而是他想不明白，张庄这么多年来从没发生过偷盗事件，怎么这一冬天家家都失窃呢？这么好的村子，这么好的乡亲，咋就说变就变了呢？

第4辑

悟

——冰冷里的微笑

兵临城下

“将！”

随着一声大喝，胡局长的小卒如一把小小的匕首刺进红棋的九宫，宣判了红棋失败的命运。

胡局长手一推棋盘，满面得意地站起来。他这人喜欢下棋，还常常研读一些棋谱，可谓兴致盎然。满局里凡是懂点儿象棋的人，都被他杀了个遍。而且他特喜欢最后在绝对优势下，用小卒将人拱死。当然了，胡局长自认为高手，下棋时当然是当仁不让地执黑。

每次赢棋，胡局长都会感叹一番，真正体会到了寂寞高手的滋味。倒也不是一帆风顺，局里有几个老同志的棋力就相当顽强，虽历尽曲折，也最终在他的铁卒下拱手称臣。他那招用卒置人于死地的绝招叫“小刀剜心”，果然是贴切无比。

在胡局长的倡导之下，局里的象棋气氛如火如荼，每个科室都必备一副象棋，而且每年都要举办几次全局象棋大赛，当然冠军雷打不动地是胡局长，没人能在他的“小刀剜心”下生还。虽是爱棋如此，胡局长还没有昏了头脑，正常工作时间是严禁下棋的，而且工作要做得好。不过，他偷着在办公室里摆摆棋谱还是不影响工作的。

渐渐地，胡局长把他从棋中研究出的那套理论应用到实践当中，他慧眼独具，局中各色人等在他眼中全化作了棋子，比如有人是炮，常常躲在别人背后伺机而动；有人是车，直来直去；还有人是马，八面玲珑……掌管全局，就如在棋盘上掌控全局一般，这让他常深叹老祖宗的这一发明的神奇。明白了每个人的特性，自然就有了应对之法。虽然他擅用卒造成绝杀之势，可他并不担心手下的那些小兵小卒，没了自己的掌控，他们就算拱到底也是废了。不得不小心的是那几个副局长，那几个家伙人老成精，都是属炮呢，阴谋家，不可不小心防范。

有一日午休，胡局长赢了几局之后，深感无趣，也发现对手越来越没气势，于是灵机一动，说："为了调动大家的积极性，这样，咱们加点儿彩头，你们谁能赢我，我掏十块钱，输了的给我五块钱。只是增加点趣味，算不得赌博，你们都好好练，争取让我多掏钱！"大家虽然都心中不屑，可十块八块的事儿，也都没想得太多。并不是因为大家隐藏实力，而是这个胡局长确实是有两把刷子，那么多棋谱也不是白研究的。见悬赏没起到太大的效果，自己倒得了不少零钱，这让胡局长有些哭笑不得。于是又鼓动局属的一些企业和单位参与其中，并对新进局里的一些青年进行了又一番说教，从棋局到人生，力求把他们引领到楚河汉界中去。

有一天午休，一个下属企业的中年人找上门来，自报家门后便提出要切磋棋艺。见此人气定神闲地往棋盘那儿一坐，一股高手气势油然而生，这让胡局长既兴奋又紧张。行棋之前，这人又说："胡局，既然钱是个彩头，咱不妨把码加大些！您要是赢了，我给您五百块钱，要是我侥幸赢了，您给我一千块钱，您看怎么样？"胡局长心里微惊，不过毕竟是经过风浪的人，同时也对自己的棋艺有信心，便满口答应下来。

不愧是高手对阵，两人厮杀得难解难分，精彩之处让旁观者都不禁为之一叹。到最后，终是胡局长棋高一着，仍是以“小刀剜心”结束了战斗。那人不失高手风范，掏出五百块钱递上，说：“果然是高手，心服口服！”然后飘然而去。看着他的背影，胡局长也喃喃道：“高手，高手啊！”

好久没有这么痛快地下过棋了，可那高手冒了一冒再不来了，最后胡局长开始关注起这个外门属下来，将之调进局里，以愿能常对弈。再下时双方再不提加彩头，只是按老规矩五块十块下。

不久后，下属的单位和企业来找胡局长下棋的多起来，大多棋力非凡，并一致将彩头加码，最高时上了五千块钱，最后那些钱无一例外地进了胡局长的口袋。渐渐地，局里人员多了起来，且都是在棋枰上纵横一时的人物。

有那么一次，一个局里的愣头青找胡局长下棋，在众人惊异的目光中，很快突破黑棋重重防线，最后用两个小兵将胡局长的老将困死！这让人大跌眼镜，胡局长也第一次从口袋里往外掏钱，虽然只是十块钱，可是却觉得窝囊，败在自己的成名绝技之下，放在谁身上也不好受。

几个月后，胡局长被双规，那些下棋赢来的数十万巨款，那些被调进局里的象棋高手，都成了他变相受贿的铁证。随着调查的深入，以往一些隐秘的受贿等事件也浮出水面。而扳倒胡局长的，正是当初那个用小兵赢了他的青年！

胡局长千算万算，也没想到自己没倒在那些隔山之炮下，却被自己一直忽视的小兵小卒拱得人仰马翻，唯有长叹：这棋道和人道终不是一回事！

古　棺

张家挖出古棺了！

这一消息如爆炸一般立刻传遍了十里八村。张春来是一个三十多岁的精壮汉子，一看就是精明强干的主儿，事实也是如此，这些年，他买了辆卡车跑运输，着实狠赚了不少。这不，他开始大兴土木，推倒了原有的几间青砖老房，准备兴建气派的二层楼。

不想却在老宅的院子里挖出了一具古棺！这可是一件大事，在这附近方圆几十里，这些年各种古墓可是没少出土，许多人在庄稼地里都能刨出古董来，所以人们对这些地里挖出来的东西特别在意，那可是钱啊！这样一来，也导致许多人甚至放弃了种地，专门拎着锹镐在野地里转悠，将完好的土地刨得面目全非。也有人家的祖坟一夜之间便被莫名其妙地翻了底儿，于是人人痛恨，又人人挖宝。县里也特别敏感，很快也加入其中，不断出土的文物，为县里也赢得了不少名声。

起初张春来深感晦气，盖房子挖出棺材来，就是不犯什么说道，心里也不舒服。许多人前来围观，忽然，村里年纪最大的陈老爷子两眼冒光，说："这是古棺啊！古棺！"众人都是一愣，张春来也瞬间失了神。片刻后大家都反应过来，古棺是什么概念，只要里面有个什么瓶瓶罐罐的，那可就发了！所有的眼睛都变得贼亮起来，张春来强压住心里的激动，问："陈爷爷，您怎么看出这是古棺？"

陈爷爷一捻山羊须，说："你们看，这棺体这么大，说明里面还有一层！实际上外面这层，也就是大伙看到的，叫椁，里面的那个才叫棺！在古时候，只有大富大贵的人家才用得起！"果然不愧是最有学问的人，这样一说，大家都恍然。于是就有人吵嚷着打开看看，看里面是不是真有个棺。张春来也很动心，于是叫了几个族内的堂兄弟，自己人不藏心眼儿，他觉得放心。

还没等动手，门外来了两辆车，呼啦一下涌进来不少人。看衣着是县里的人，人们都自动散开一条通道，其中一个干部模样的人说："我们是县文化局和文物管理处的，你们挖出了古棺，这属于国家的文物，理应归国家所有！"这时，一个人已经围着古棺转了好几圈儿，一脸兴奋地对那干部说："这真是古棺啊！有椁有棺，而且年代久远而不腐，单是这古棺，就是不可多得的文物啊！"

张春来一听不干了，上前一步说："我不管你们是什么人，东西是从我家院子里挖出来的，你们厚着脸皮插上一脚算怎么回事？哪儿来跑哪儿凉快去！少拿什么国家的规定来吓唬我们老百姓，我这人胆小，要是把我吓出个好歹来，你们还得负责治病！"

这时，从那些人后面挤出几个穿制服戴盖帽的，一人说："我们是公安局的，请你配合我们的工作！"张春来却满不在乎："来抢东西算是哪门子工作？你们警察还明目张胆帮人家？警察怎么了？我一没犯法二没惹事儿，你们也哪儿凉快哪儿待着去!”而他身后的家族兄弟也都气势汹汹地往前一站，双方对峙上了，围观者都挑好位置看热闹。

忽然，一个苍老的声音从门口传来：“你们都滚！这是我们家的东西!”一个八十多岁的老爷子走了进来，张春来一见，忙过去搀扶，问：“爷爷，你咋大老远地从城里跑回来了?”爷爷眼一瞪：“有两个臭钱连祖宗的东西都挖出来了!不孝啊!”那个干部也上前对老爷子讲起了道理，老爷子毫不留情面：“你们也滚，这东西是我们家的传家之物，不是什么文物!”

见众人都不信不走，老爷子上前，招呼那些孙子辈的族人：“你们听好了，这是咱们张家祖上传下来的，没人敢用它，后来被我爷爷埋在院子里！知道大伙不信，告诉你们，这里面什么都没有，只有我们张家的一份家谱！来，打开!”

椁打开了，露出了里面的棺，棺再开启，里面果然没有什么尸体和陪葬品，只有一册黄黄的书。老爷子将书拿在手里，递给那个干部，说：“这是我们张家的家谱，要是文物，你们就拿去供着吧!”几个人翻开一看，果然是那破四旧时见惯了的家谱!

城里人尴尬地离开了，张春来小心翼翼地说：“爷爷，要不咱再把它埋进院子里吧!”爷爷不语，仰首望天良久，说：“先把它用草盖上吧!”盖好后，爷爷划着了一根火柴，点燃了干草，立刻烈焰飞腾，古棺也燃烧起来。

爷爷看着那火焰，慢慢地跪下，说：“祖宗在上，幸好你们没用这东西，要不早就被当文物给挖出来了！外面的那些坟还有几个没被挖的呀！原谅不肖子孙后人，烧了就干净了!”

说完，两颗混浊的泪挂在他的脸上。

我看见你了

小王在一个局机关工作，虽说只是一个小小的科员，却活得高兴，从没想过向上发展，觉得那样劳心费神的不划算。

有一天傍晚，他和朋友们在一家酒店吃饭，出来时天已大黑，他忽然看见胡科长骑着摩托驶过来，进了酒店。第二天上班时，小王对胡科长说："昨天晚上我看见你了，在夜盛酒店！"胡科长微微一惊，淡淡地说："哦，去参加一个朋友的庆典。小王啊，你工作干得不错，将来一定会有发展的！"

小王微微一笑，没把胡科长的话当回事儿。谁知几个月后，他竟被提升为副科长，据说是胡科长鼎力举荐的。小王不是笨人，他略一想便明白了原委，定是那天胡科长干的是什么见不得人的事。于是小王便心安理得地当副科长，时日一长，便对官场之道有了深入的了解。

有一天夜里，岳母打电话过来，说岳父突发急病，小王忙赶往岳母家。待将岳父送到医院，脱离了危险后，回家时已是凌晨。中途还要去岳母家看看门锁没锁好，因为当时走得着急。刚进岳母家小区，看见一辆小车正疾速离去。小王在一瞥间已看清，那是林副局长的座驾。他心里一盘算，便有了主意。

第二天，小王来到林副局长的办公室汇报工作，最后，小王漫不经心地说："林局，今天凌晨我看见你了，在红日小区！"林局处变不惊，没有接他的话，说："小王啊，通过这一段时间观察，你的工作很出色，好好干！"

过了半年多，办公室主任老李退休，小王便被任命为办公室主任，据说是林局全力推荐的！在办公室工作，接触的领导多，大小事务都要经手，小王又一次大开了眼界。也为自己的聪明暗暗得意，听说朱副局长快要退了，他早早地琢磨上了此事。最后，他把目光盯在了高局长身上。

小王虽然处处留意，却总是无法与高局长邂逅，虽然他知道高局长见不得人的事必然更多。最后他改变了方案，开始悄悄地跟踪，可是每次都毫无结果。就在小王快绝望的时候，终于有了收获。那一天晚上他跟踪高局长，高局长散了一个酒局，驾车奔向一个豪华小区，小王知道他家不在这里，心里一阵狂喜。蹲守到凌晨，高局长才离去。

第二天上班，虽然一夜未睡，小王却是精神抖擞。他到高局长的办公室汇报了一下工作，刚想把"我看见你了"的话说出来，却不想高局长先开了口："小王啊，你工作干得不错，我觉得以你的才华干办公室主任有些屈才了！"小王不明所以，便退了出来。

三个月后，小王被一纸调令调到局下属的一个乡镇企业任调研科科长，级别竟是降了！小王气愤之余又有些糊涂，临走前，高局长对他说："小王啊，我看见你了！有一天凌晨，我去看望突发急病的岳父，见你正在街上转悠。为了发挥你喜欢转街的特长，搞市场调研最适合你了！好好干，很有前途啊！"

小王一愣，脸立刻红了。

山上山下

小兴安岭深处有两座山，每座山上都有一个看林人，他们都很年轻，都想好好干，调回山下。东山看林人小王每天除了照例巡山外，还去山后的空山坡上栽树，勤勤恳恳；西山看林人小李每天也巡山，只是不栽树，小树长大要多少年，他想把力出在这些大树上。

一次，两人下山去城里林业局汇报工作，有知情人向他俩透露，要从他二人中选一个调回局里。小王和小李文化相当、能力相若，得到这个消息后回去都努力做好本职工作，暗地里互相较劲，都想超过对方。可是在山上除了看山护林并没什么可以表现的地方，于是小王更加卖力地栽树，小李也不辞辛劳地统计西山上各种树木的数目和成长情况，以期汇报工作时得到领导赏识。有时两人会在两山的衔接处相遇，客套两句之后，便默默地站上一会儿，然后各自融入自己的那片山林。

又一个春天来了。东山后新栽的树显出一片勃勃生机，小王心里高兴极了。东风开始不停地刮，小王便早早地开始防火灾，虽然现在还没到防火期。而西山的小李却还没把防火列到重要日程上。有几次小王想提醒他，可每次都是话到嘴边又咽下。

没过几天，由于疏于防范，西山着了火，大火吞噬着大片的山林。由于刮的是东风，东山安然无恙。小王暗自庆幸自己的超前意识，心想这次可压过西山小李了。此时小李正率众与山火搏斗，他身先士卒，关键时刻不惜以身体去扑山火，他的精神极大地鼓舞了群众，从而山火被很快地扑灭，保住了大片山林。

这场大火，使西山四分之一的山林被烧毁。在与大火的搏斗中涌现出了一大批英雄人物。而看林人小李的事迹更为突出，被指定去市里做了重点报告。一时间大报小报纷纷报道，连电视台都来采访小李了。

不久小李便受到上级嘉奖，半个月后，他被调回了市局。东山小王由于防患于未然，所以没有发生山火，也就没有小李那么多动人的事迹，自然依旧留在山上。

五年后，小李步步高升，小王依然在东山看山护林植树，他几年来植的近十万株树已绿遍山坡。一次，小李作为副局长去山上察看林木情况，在两山衔接处与小王不期而遇。

两个人站在那里相对无言，一如当年。

满山的树也一片沉默。

上锁

新婚的热乎劲儿刚过，他就发现了她有秘密。她是在孤儿院长大的。他第一次看见她就被她的冷漠和美丽所吸引。经过四年的相处，他终于走进了她的内心世界，她的情感之门也对他敞开。可他没想到她会对他有所保留，而且在他们结婚之后还这样。

那是一个锈迹斑斑的小铁箱，他是在一次收拾房间时在床下发现的。铁箱上有一把铜锁，他拿起铁箱晃了晃，觉得里面该是纸片一类的东西。那会是些什么呢？她为什么没有告诉过自己呢？他抱着那个铁箱想了一个下午，直到妻子快下班时才赶紧把铁箱放回床下。

他原以为会很快将此事忘掉，可那铁箱就像在心底生了根，他总会想起它，从而引发出种种猜测。他想，那可能是她初恋的情书，他听说女孩子很在意自己的初恋，她宝贝似的藏着的东西，不是这又会是什么呢？那些日子，种种猜测在头脑中挥之不去，他决定探个究竟。

他拐弯抹角地套妻子的话儿，可她对此似乎茫然不知，问什么说什么，不像有什么秘密的样子。有几天他忍不住想直接问她箱子的事，可终究没敢问出口。他知道她是个十分敏感的人，所以不敢贸然开口。于是他要自己看个究竟。他把妻子的钥匙偷偷地拿出来，一把一把地试，却没有一把能打开铁箱上的铜锁。他甚至把家里能找到的钥匙都拿出来试，却还是失败了。

有几次夜里醒来，他发现妻子正在灯下看着什么，脸上有哭过的痕迹。他想那一定是铁箱中的东西了。于是烦恼日盛。

有一天趁妻子上班，他抱着铁箱来到配钥匙的地方，问能不能给这把锁配把钥匙。配钥匙的师傅看了看铁箱又看了看他，说，配不了！语气中很有些怀疑和不耐烦，他只好怏怏地抱着铁箱回来了。他烦恼得想用斧子把锁砸开，可最终还是没有动手。他抱着铁箱倚在床上陷入无边无际的苦闷之中。

开门的声音惊醒了他，原来不知何时他竟迷迷糊糊地睡着了。他慌乱地把铁箱往床下塞，可是已经来不及了，她正站在面前呆呆地看着他。她说，我知道你研究它已经很久了，是不是很想知道里面装了些什么？他垂着头一言不发，算是默认。她叹了口气，拿出钥匙打开铜锁，说，你看吧！便头也不回地出去了。

他手颤抖着，竟有些不敢打开铁箱，最后，好奇心占了上风，他闭着眼打开箱盖，然后鼓足勇气睁开眼睛。出乎意料，箱子里只有一封信和几张发黄的照片，照片是古老的黑白照，是一个男人和一个女人。他看完那封信才知道，照片中的男女是她的亲生父母，信中写了他们为什么要把她送进孤儿院，言之切切，令人动容！原来这信和照片是她父母当年送她进孤儿院时留下的！一切都明白了，他跑出去找她道歉，可她却是很冷漠的样子，就像最初相识时一样。

他忽然明白，妻子的心中已有了一把锁，而给她安上这把锁的，正是他自己。

病　因

一身疲惫地回到家，胡局长揉着酸痛的脖子，一屁股坐在沙发上。这脖子疼也不是一天两天的事了，接近年末，市里省里的相关领导率团走马灯似的来视察和慰问，他的脖子就开始疼。他也曾去医院检查过，说是颈椎有些问题，适当休息就会恢复。

可他根本就没法休息，哪一级的领导前来，只要级别比自己高或是主管单位的平级，胡局长就得全天候陪同，视察下属企业单位，或者去一些职工家里走访，还要陪吃陪玩儿，身体再好的人也会受不了。可受不了也要受，铁打的局机关流水的检查团，胡局长作为一局之长，是必须出头的。

当各种检查团彻底绝迹的时候，已经时入腊月，春节在望。完成了任务的胡局长心思一放松，这脖子就加倍地疼起来。一想到明年还要再来上这么一回，就觉得不寒而栗。先不去想那么远，想也没有用，除非早退休，可他正在春风得意之时，能忍就忍吧！来视察的那些人，有可能将来用得上的，就算用不上，也不能得罪，所以他只能赔尽笑脸，让每一个人都满意而归。

眼见这脖子一天比一天疼，吃药打针效果都不明显，胡局长已不堪折磨。有一天，办公室的小王前来汇报工作，见胡局长一脸痛苦，便很关心地询问起来。听胡局长说完，小王想了想，说："局长，我有个办法，也许能缓解你颈椎的病痛！"胡局长一听，精神立刻一振，忙问："快说说有什么办法？"小王说："您现在应该多运动，反正到年底了，您可以到下面的分局和企业视察慰问啊！"

胡局长一听眉头立刻皱起来，暗骂小王出馊主意，他自己清楚，这个颈椎疼就是接待那些参观团、慰问团落下的，让自己再去下面重复一遍，这脖子非得交待在那儿不可。

见局长脸色阴晴不定，小王连忙小心地说："局长，这可是您带头下去慰问，和别人来咱这儿视察不一样，您心情一轻松，对病情很有好处的！"

胡局长闻言眼睛一亮，这一点倒是忽略了，再仔细一想，觉得很可行，心里也有了一种期待一种兴奋。他用力拍了拍小王的肩，小王见他脸色大好，才告辞出了门。

不顾腊月的天寒地冻，胡局长忙碌起来，带着随行人员每日驱车去下面的各县区分局视察慰问。虽然天冷，可他的热情高涨，极大地感染了随行人员。一番视察下来，已过了腊月二十五，胡局长神情轻松惬意，颈椎一点儿都不疼了，而且说不出地舒坦。

半年以后，小王被提拔为局办公室副主任。接下来的几年，一到年底，胡局长就忙得不可开交，陪上面的慰问团，之后还要去下面视察。他的颈椎疼痛来得快去得也快，这让他很是高兴。

后来胡局长高升了，走之前在他的大力举荐下，小王当上了办公室主任。一天，小王和一干中层在一块儿喝酒，大家回想起胡局长，都问小王，当初他怎么知道胡局长一去下面视察脖子就会好呢？小王笑着说：“当然是心情不一样了！你们想，陪上面的慰问团，人家拿来那点慰问品，我们还要给人家更多更重的赠品和纪念品；而去下面视察慰问，情况就相反了，所以胡局长的精神就好了，送出东西和收东西能一样吗？”

众人恍然，然而有人提出了疑问：“不对不对，王主任，这颈椎病和精神状态没多大关系，你少打马虎眼，快说到底是怎么回事。”别人都反应过来，一致向小王施压。

小王喝掉一杯酒后，说：“当然，精神只是一方面。你们想，胡局长整天陪着上面来的领导，经常点头，不点头的时候也要微微低着头，虚心倾听领导指示嘛！这样时间一长，谁的脖子也受不了！而胡局长到下面去视察就不一样了，他是领导，是核心，自然是高昂着头，轮到下面的同志点头哈腰了。这样一来，他的颈椎自然就恢复了！”

大家一片赞叹之声，这个王主任不简单，一下子就找到了胡局长颈椎疼痛的根源所在，高人！

倾　斜

吃过晚饭，老赵一边吸烟一边看电视，节目中出现了著名的比萨斜塔，老赵饶有兴致地看着那座倾斜的塔，心中就忽然一动。

老赵并不老，还不到四十岁，在一家设计院工作，这个城市的许多建筑，他都曾参与设计。自从那个斜塔在电视上出现，老赵的一根心弦就被拨动了。他不得不承认，那是一种神奇的建筑，主体倾斜，却又能保持平衡，这种矛盾的结合本身就让人慨叹。从那以后，老赵在空闲时总会看着斜塔的图片发呆，在心里琢磨着它的结构和技巧，同时还颇得了不少人生方面的启示。

这一天，老赵在办公室里完成了一项设计中自己负责的部分，便又开始去想斜塔的结构。这时电话响了，接起一听，老赵下意识地皱了皱眉。丽姗已不是第一次打电话邀他去吃饭了。丽姗是老赵在一次聚会中认识的，刚刚三十出头，有着少女一般的身材和一种成熟的韵味，这两者在同一人身上同时体现，本身就是一种不可抗拒的魅力。可老赵却抗拒得了，每一次他都不留余地地拒绝着丽姗的盛情，这个丽姗也是真有恒心，总是不厌其烦地打电话来。

老赵听完丽姗请吃饭的理由，本想一口回绝，忽然目光落在桌子上的比萨斜塔图片上，于是心一动，便答应了，丽姗那边传来一声毫不掩饰的欢呼。老赵有一个堪称幸福而美满的家。妻子是中学教师，贤淑而温柔，女儿乖巧懂事，学习也好，这让老赵很是满足，常由衷地感谢命运。

在和丽姗吃饭的时候，气氛中颇有几分暧昧，而老赵却似不觉察般。此刻他心中仍在想着那座斜塔，心想如果没有这座塔，世人也许永远都不会去想一个问题，那就是站得不正就不一定站得不稳。神奇的构造！老赵想着，兴奋起来，将杯中酒一饮而尽。

隔了几天，老赵回请丽姗，这一次老赵已经没有了紧张和尴尬的感觉，谈笑自如间，一种良好的氛围随着轻柔的音乐慢慢流淌，一如丽姗眼中流淌着的脉脉温情。

每次回家，老赵都要仔细地观察一下妻子，并未发现丝毫不正常，也就放下心来。事实上他做得相当出色，一般人家的丈夫都不能做到他这样。由此他常常感谢那座斜塔，是它让自己明白了家庭生活的另一种稳定结构。

日子就这样过去了大半年。这天早晨，老赵正站在镜前梳头，像往常一样掉下许多根头发。他看了看镜中自己依然浓密的黑发，根本没在意地上的落发。就在这时，妻子走过来，平静地提出了离婚。那一刻，他震惊，可是并没有询问、解释和争吵，他们都是明白人，知道有些事发生了就是不能改变的。

离了婚的老赵也离开了丽姗，他不想让另一个家庭也坍塌，至少不在自己手里坍塌。百无聊赖之际，他上网查找比萨斜塔的资料，才在震惊中明白，这塔并不是稳定的！而是每年都在倾斜一点点，总有一天会倒掉的。就像自己的头发，也总有一天会掉光的吧，只是自己看不出来想不到而已！

是的，倾斜的塔总有一天会倒的。

谁会找你

忽然有一天，刘青山就对自己的生活产生了一种厌倦感。在这个大都市中已闯荡了三年，虽然现在就职于一家还比较满意的公司，可日复一日的一成不变，早已粉碎了当初的豪情与梦想。于是他决定逃离，至少是暂时逃离。

这个念头一发而不可收。刘青山说做就做，锁上房门，没有和任何人打招呼，直接踏上了回乡的列车。在车上，他忽然想到，自己这一走，肯定会引起一阵轰动吧，弄不好可能会报警，毕竟失踪也是一件大事。有些人会打手机找自己吧，都会有谁给自己打电话呢？

第一个应该就是刚子了。那是自己的大学同学，关系铁，当初自己到那个城市去，就是投奔他的，在他那儿连吃带住的一个多月，直至找到工作。就算现在，自己也时不常地去刚子那儿蹭顿饭借点钱什么的。刚子没说的，够朋友。自己这一失踪，他铁定得打电话找。

再就是同部门的小雅了吧！她比自己晚进公司几个月，那时因为都是新人，有共同语言，她天天跟着自己学业务，嘴甜笑容甜，眼中含着若有若无的情意，常让自己心思涌动。常常在工作的时候，望向小雅，小雅便冲自己一笑，会让自己的心一整天都沉浸在幸福之中。一直想对小雅表白心意，可一直也没有找到恰当的时机，看得出，小雅对自己是有意的，这一走，她肯定会着急会失落，也会给自己打电话吧！

还有部门经理王大哥，此人对自己很器重，自从进入公司以来，王大哥从未亏待过自己，大小业务都放心地交给自己去做。虽然自己成了部门里最忙碌的人，可很是感激王大哥给自己历练的机会。而且从王大哥的言谈之中，他能听出有培养提拔自己之意，这更是知遇之恩了。自己唯有努力去工作，而自己的不告而别，让王大哥痛失爱将，他也一定会打电话给自己。

另外，自己常跑业务的那家公司的李姐，也会打电话吧！那家公司是自己的固定客户，而李姐就是总经理。由于自己能说会道，很是让李姐满意。李姐还对自己说过："要是有一天在那边不想干了，我这里随时都欢迎你的加入！"这让他感动不已。看得出，李姐欣赏自己的能力，喜欢自己的为人，有时几天没过去，再去时她就会嗔怪自己多日不来。多好的一个姐姐啊！

还有，还有，刘青山在车上一下子想到了很多人。这时他才蓦然发现，在那个自己已经厌烦的城市里，竟有这么多的人关心牵挂着他，而他的突然离去，会惹得那么多人为他担心，便觉得很是过意不去，并涌起一阵悔意，那个城市，其实还是值得留恋的吧！

到了家，见过欣喜的父母，刘青山第一件事就是给手机充电，并把备用电池也充满，决心永不关机，准备迎接那些温暖的电话。可是一连三天过去，手机寂然无声。他安慰自己，时间太短，也许大家以为自己临时有什么事吧！于是一周在期盼中过去，手机沉默依旧。刘青山有些坐不住了，按理说，这么多天了，也该发现自己失踪了呀！他又努力地往好处想，也许一会儿电话就来了呢！虽然这样想，并努力让自己相信，可他心里其实一点底儿也没有。

转眼十天过去，刘青山如热锅上的蚂蚁，坐卧不安。这一天，他实在忍不住，用外面的公用电话拨通了公司自己部门的电话，接电话的是一个陌生的声音，刘青山说："请帮我找一下刘青山接电话！"那边似乎愣了一下，说："对不起，我们部门并没有叫刘青山的啊，你还是往别的部门打电话问一下吧！再见！"

刘青山愣了好久，心想这一定是新来的同事了，不知道自己也是情理之中。转念又一想，是不是自己离开得久了，部门才又招进新人员的呢？可他们怎么就不打电话找找自己呢？心里沮丧无比，想法越发坏了起来：哥们儿也许早烦了自己的骚扰，巴不得自己失踪；小雅只是在利用自己，为了学习业务；上司的态度，无非让自己当冤大头多干活罢了；而那家公司的李姐，也只是场面上的客套话而已！

一时万念俱灰，真是太失败了！刘青山心沉大海，就在难受得要死的时刻，手机铃声悠扬地响起，仿佛天籁般悦耳。他扑向手机，颤抖着接起，那边传来一个平淡的女声："刘青山吧？你跑到哪里去了？我是你的房东，你这个月的房租还没交呢！如果不续租的话，赶紧回来收拾东西，我好租给别人！"

放下电话，刘青山欲哭无泪，盼来盼去，能找自己的人居然是债主！可是，那个城市，自己到底还要不要回去？

有那么一天

有那么一天，秘书小王酒醉后对老婆说：“我再不用担心办公室李主任对我怎么样了，他再狡猾也终于露出尾巴来了，把柄在我手里，看他还不老实?”李主任向来看不起小王，总想找机会把他搞下去，这回小王是放心了。

有那么一天，李主任酒醉后对老婆说：“我再不用担心张副局长对我怎么样了，他的尾巴终于露出来了，哼，把柄在我手里，看他还不老实?”张副局长一直瞅着李主任不顺眼，总想把他弄下去，这回李主任是放心了。

有那么一天，张副局长酒醉后对老婆说：“我再不用担心赵副局长对我怎么样了，他的尾巴藏不住了，这回看他还不老实?”赵副局长和张副局长一直不和，赵副局长仗着后台硬，总想把他挤下去，这回张副局长是放心了。

有那么一天，赵副局长酒醉后对老婆说：“我再不用担心胡局长对我怎么样了，这个老狐狸让我逮住了尾巴，哈哈，看他还不老实?”胡局长一直气愤赵副局长咄咄逼人的样子，总想把他调下去，这回赵副局长是放心了。

有那么一天，胡局长酒醉后对老婆说：“我再不用担心局里有人想抢我的位子了，那几个人蹦跶不出什么气候来，小王给我当了这么多年的秘书，终于被我抓住了尾巴！你别小看这个小王，他老舅是第一副县长，他的事抖出去，他老舅也脱不了干系！他为了保我，就得在他老舅面前多说我的好话。这帮小子，看他们还不老实？”

有那么一天，胡局长和两位副局长、李主任还有小王在一起喝酒，酒醉后胡局长给大家讲了个故事：“有几只狐狸在一起共事，他们几个都住在很高的地方，它们都互相不服，都想把别的狐狸弄下去。这时候尾巴成了它们的最大弱点，谁的尾巴被抓住，就很容易被甩下去。于是大家都拼命隐藏自己的尾巴，唯恐给别的狐狸抓住。可尾巴总有藏不住的时候，结果有一只狐狸的尾巴露出来并被另一只狐狸抓住，这只狐狸心急之下便抓住了又一只狐狸的尾巴，就这样，这几只狐狸个个露出了尾巴，又个个被抓住。结果谁也不敢用力，生怕大家一起摔下去。这时有一只狐狸说：我们这样抓在一起也挺好，大家连成一体，在这高处站得更稳，而且尾巴都在我们手里，让下面的那些狐狸无处下手，真是一举两得！于是几只狐狸都满心欢喜，安安稳稳地生活在高处！”

众人听罢，都大笑，说胡局长的故事讲得好。散席时，大家都已喝多，于是互相搀扶着走出酒店，一副亲密团结的样子。

长看世人梦未醒

有一只老鼠自小便表现出了它的与众不同，当它看见自己的父母和兄弟姐妹先后死于非命后，便悄悄地离开了原来的洞穴，只身来到了另一处宅子内。宅子的主人是一个书生，每日里摇头晃脑地读书，万事不关心，老鼠觉得这里十分安全，便打了个洞定居下来。

时间久了，老鼠发现它的判断没有错，偌大个宅子只书生一个人居住，他忙着读书，所以不会有猫、鼠夹、毒食，它可以自由而安全地出入。有时它甚至敢走到书生的桌下，饶有兴致地听书生念诗读书。虽然偶尔也会有突发的危险，可它自有应对的办法。比如突然有外来之猫出现时，它就可以从容避开。因为它从亲鼠们血的经验中得出了教训，猫一般是在老鼠出洞口后立即出现并扑过来，而此时老鼠只要一转身回到洞里就会化险为夷，可老鼠的心理素质太差，加上对猫的天生恐惧，常常在猫一出现时便方寸大乱，东一头西一头乱窜，最终命丧猫口。而这只老鼠却有着过“鼠”之处，所以一直平安地活着。

一年过去了，这只老鼠也没有找个伴儿组成家庭繁衍后代。因为它从自己的家族史中看出，越多的同类聚在一起危机便越大，比如食物之争、配偶之争、地位之争等。它觉得这样自己生活更好，每天优哉游哉，万事不挂怀，闲时可听书生念书，困了便睡，颇有洞中修行的意味。

渐渐地，几年又过去了，老鼠的胡须已经变白了，可它依然觉得精力充沛，体力不减。可是有一天，一切都发生了变化，书生一去不回，宅子里住进了一个大户人家，人口众多，从此清静的日子便远去了。所幸此户人家并不养猫，也没注意到它的存在，因为只有它一只鼠，又不轻易出来。闲坐洞中，每日里都有好戏上演，它可以看到婆媳的不和、姑嫂的争吵、兄弟的相残，直看得它心惊胆战，仿佛又回到了自己的童年时代，那时它的家族也是每日里上演着这些闹剧。它越发觉得自己单身生活的好处，有时它会微笑着看着洞外人家的风云变幻，颇有隔岸观火的闲适与无忧。

又许多年过去了，房中的人换了又换，这只老鼠也真正地老了，胡子全白了，走路也吃力，全没了当年的伶俐。看惯了人们的生死悲欢，它忽然觉得自己的清闲是一种难得的幸福。无论什么人住在这所宅子里，它都会有时机溜出洞口悠悠地漫步，那是在深夜，人们在梦乡里徜徉的时刻。它忽然觉得，这宅子里的一切都像一场梦在上演，而它却是唯一清醒的旁观者。梦里的纷争终会清醒飘散，而醒悟时往往是人们咽下最后一口气之前。

又一个午夜，有月光从窗外斜斜地照进来，照在屋里人们熟睡的脸上，老鼠从洞里走出，在人们头顶转了一圈，而人们依然沉睡。然后，它拖着苍老的身躯向洞口走去，走着走着，忽然就想起许多年前那个书生曾念过的一首咏鼠的诗，也只依稀记得其中一句：

“长看世人梦未醒！”

最后的作品

张三爷是十里八村最出色的木匠，他的木工活，细腻且大方，古朴且新潮，所以一直以来，他接的活不断。找他打家具的人多，谁家要办喜事，新房里的陈设必定找张三爷打造。可是，在张三爷心中，自己最满意且最擅长的，却是打寿材。

那时，谁家有即将过世的人，都会早早地找到张三爷，张三爷则二话不说，背起工具就出发。他打的寿材连活人瞅着都舒服，都说，谁死后能睡在张三爷打的棺材里，那是上辈子修来的。张三爷已近七十高龄，经他制作的木工制品，已经数不清。虽然上了年纪，可一腔热情犹在，仍是有活必干，且体力充沛，抡斧挥锯，比小伙子还有精神头儿。

后来，他终于停了手，不再接任何打造木制品的活，他决定要封锯了。可是，封锯之前，他要打造一件最后的作品。这最后的作品当然要最好的，木料要最好的，手艺也要最好的，打造什么呢？当然也是张三爷最拿手的，寿材！他一辈子给别人打寿材，这最后的手艺，一定要留给自己。他拿出珍藏多年的楠木，准备给自己做一口寿材。能长眠在自己做的棺材里，是他的一个心愿。

历时一个月，寿材打造完毕。喷的大红漆，上面绘着二十四孝图，这也都是张三爷亲自动手的。寿材就摆放在仓房里，每一天，张三爷都会去看一看，摸一摸，甚至躺进里面体验一下。外人闻讯来参观，都是赞不绝口，那样的时候，张三爷就眯起眼睛笑。

可是，笑了不久，张三爷笑不出来了。原来，这里已经开始了火葬，再不允许土葬，人死后一把火烧成灰，小小的盒子一盛，便入了土。这给了张三爷一个不小的打击，意识到，自己可能不能在寿材里长眠了。于是便整日郁郁，儿孙都劝："别放在心上，虽然火化了，可骨灰还是可以放进寿材里，一样的！"张三爷便暴怒："一样个屁！我告诉你们，我死后谁要把我送去火葬场，我做鬼也不放过你们！"

谁家有人过世，张三爷必去看，从火化到出殡到入土，都看个明白，回来便叹气，轻抚着自己的寿材，一脸的落寞。有一天，家里人正在闲聊，忽听小仓房里传来一声声巨响。忙过去看，只见张三爷手持利斧，正一下下地劈砍着寿材。看着张三爷红了的眼睛，没人敢去阻拦，直到寿材变成一堆碎木，张三爷才住了手，然后一言不发地回屋睡觉。

几天之后，张三爷倒腾出一些上好木料，又开始干起来，家里人同样不敢过问。一个星期之后，又一个崭新的寿材横空出世了。他再一次严肃地告诫家人："我死后不管你们想什么办法，也要把我土葬！"看来，张三爷劈了第一个寿材后，又后悔了。

县里来工作组，给村民们讲解火葬的种种好处。大家都饶有兴致地去听，张三爷赌气不去。可是眼尖的人发现，开讲后不久，张三爷就出现在现场不远的树后。工作组走了以后，没几天，张三爷又在一阵惊天动地的响声中，把第二口寿材劈成了木片。

过了好久，张三爷没有再倒腾木料打寿材，家里人都舒了口气。张三爷的身体每况愈下，眼见着过不去年了。家里人开始悄悄地张罗后事，大儿子买了一个高档骨灰盒回来。结果被张三爷发现，不知哪儿来的力气，一斧子把骨灰盒劈成了碎片。然后，他又开始倒腾木料了，家里人依旧不敢阻拦，只是在心里担心。张三爷的病仿佛好了，两眼冒光，拉起锯来铿锵有力。一天的时间，又一口寿材出世了。只是，人们看时，都张大了嘴，这寿材依旧那么美观结实，只是，也太小了吧。到底是家里人反应快，知道老爷子这是给自己打了个骨灰盒。可是谁说这是骨灰盒张三爷就跟谁急，说这是寿材，他这辈子打得最好的寿材。

张三爷过世了，出殡的时候，人们都惊叹于这个骨灰盒的新奇。可是，张三爷的子孙们却严肃地说："这是寿材，我家老爷子最后的作品，也是最好的作品！"

山羊事件

大龙村这几年发展养殖业，呈现出一片欣欣向荣的景象。特别是养山羊的人家很多，近年来由于市场需要，山羊的经济价值一再提高，从而给大龙村人带来了致富之道。

何大发和张小富是养山羊的两个大户，同行是冤家，两人向来不睦，常常有些摩擦，每当他们出现矛盾，人们是劝解不开的，因为他们脾气一个比一个倔。可村支书老胡一到，两人顿时偃旗息鼓，各自收兵回营，看也不看胡书记一眼。这个胡书记已年近六十，却一点不糊涂，能占的便宜绝不放过。按理说村子经济发展得这么好，大家应该感谢他才是，可事情却恰恰相反。首先，胡书记虽然名叫胡正直，却和正直一点儿搭不上边儿，在大龙村里他可谓一手遮天，是不折不扣的土皇帝。再者，村民的致富之路也不是他想出来的，他也没有给予支持。虽然胡书记不养殖不种地，却是全村的首富，一年四季也不断新鲜的羊肉。

这一天，何大发家的山羊和张小富家的山羊混帮了，事情起因是两家的小子放羊回来的路上相遇，两群羊便混在了一起。两个孩子一时蒙了，便找来各自的父亲，面对近三百只羊，何大发和张小富大为光火，争吵不休，一时引来许多人围观。山羊的咩咩叫声之中，两人吵得热火朝天。有人说：“这有啥好吵的？要是没有记号，个头大小都差不多，按每人多少数一分不就完了？”何大发说：“我家的羊有记号！”张小富也说：“我家的也有！”先前那人说：“既然都有记号，你们还吵啥？”两人一听也对，由于向来看对方不顺眼，所以一时忘了记号的事。他俩钻入羊群中，弯下腰去看羊肚皮，看了许多只，两人站起来，互相瞪视着，过了好一会儿，忽然都哈哈大笑，围观的人无不吃惊。

这时，胡书记闻讯赶来了，他很威严地往那儿一站，问：“你们俩又是怎么回事？”何大发和张小富都说：“没事没事，羊混帮了，个头大小差不多，做的记号也一样，我俩商量着按个数一分就得了！”胡书记瞪了他们一眼，说：“那还在这儿吵吵什么？”气冲冲地转身就走，抬脚将一只山羊踢得叫了一声。何大发、张小富两人不再争吵，很快分开了羊，各自赶羊回圈。

两个月后，何大发家的羊群丢了！原来，他家的小子放羊时下河游泳，这羊群就越走越远，等小子上岸后便已踪影全无。他找遍了附近的草地，也见不到半只山羊的影子，便急忙回家通知父亲。何大发一听也急了，发动亲朋好友四散出去找，直到天黑也没寻见。一百多只羊啊，何大发一急之下竟病倒了！

胡书记来探望何大发，劝他说：“丢都丢了，可以再养嘛，别把人也撂这儿。只是可惜了那些羊了！”其实他心里可惜的是今年要少吃不少羊肉。胡书记正可惜着，手机响了，是镇上黄镇长打来的。黄镇长问：“你们村有没有丢羊群的人家？”胡书记忙说：“有啊，一百多只羊呢！”“快到镇上来赶回去，有人给送到镇上来了！说是你家的羊！”黄镇长说完挂断了电话。胡书记大声对何大发说：“快和我去镇上赶羊，有人捡到送到镇上去了！”何大发一听，一骨碌从炕上爬起来，两眼直放光。胡书记心里也纳闷儿，怎么捡到羊的人说是我丢的？又怎么知道我的名字？

到了镇上，黄镇长说：“有人赶了羊来，问咱们镇的村子里有没有叫胡正直的，说这是他的羊。我寻思你也不养羊，可能是你们村里的，就给你打了电话！”胡书记和何大发把羊赶回大龙村，路过胡书记家时，他说：“大发呀，你也听到黄镇长的话了，要不是我，你这一百多只羊就说不定是给谁养的了！这么着吧，也不用你谢我了，这羊呢，我就赶回去五只吧！”何大发一听也没办法，虽然一个月前刚给他送去两只，便说：“胡书记，我家里有几只羊是单给你养的，你去和我赶过来吧！”胡书记说：“不用不用，那些等以后再说，我瞅着这些就不错！”何大发心里直打鼓，可也只好任由胡书记挑了五只膘肥体壮的山羊赶进了院子。

当晚胡书记兴致很高，要亲手宰一只羊来尝尝鲜，当他把一只山羊掀翻在地，忽然就愣在那里！原来在羊的肚皮上，用油漆写着五个字：我是胡正直！胡书记去看另外四只羊，也同样是这几个字。

从此，胡书记再不吃羊肉。

一头猪的命运

饲养场里，一群小猪诞生了。这其中有一头黑色的小猪，它生来就与众不同，当别的小猪争抢着去吃奶时，它却瞪圆了眼睛四处张望。当它对这个世界有了初步的认识时，肚子也饿了，可是此时老母猪的奶已被众小猪食尽，它只好饿着肚子蜷缩在一边。

它时常在饲养场里闲逛，喜欢独自一个在墙根下晒太阳，它看不惯同伴们肮脏地挤在一起，和它们格格不入。这也导致了同伴对它的排斥，甚至对它群起而攻之，主人来喂食时，它总是被众猪咬跑。只有别的猪都吃得肚滚腰圆时，它才悄悄地溜过去舔食一些残渣剩食。在饥饿的驱使下，它时常吃力地爬过一个高坡去饲养场的边缘吃些青草。

有一天，众猪正在休息时，来了一群人，把几头长得壮的老猪拖了出去，凄厉的叫声令这群小猪毛骨悚然。猪妈妈对抖作一团的它们说："不要害怕，这是我们的命运，躲也躲不过去的。所以你们每天该吃就吃、该睡就睡，过好这些日子吧！"众小猪一想也就释然了，于是每天吃得越发地多，睡得越发地香。只有它忘不了那凄惨的一幕，常常在睡梦中惊醒，有时它试图说服大家一起逃跑，可结果总是招致围攻。连猪妈妈也批评它，说就算跑出去了也会饿死，还不如在这里吃好喝好，反正都是死，为什么不让自己过得好些呢？

它从此更是落落寡欢，每天依然越过高坡去吃青草，因为那些同伴越发瞧它不顺眼，甚至不让它在大伙面前出现了。同伴们长得已是肥肥胖胖，皮光毛顺，而它却瘦骨嶙峋，只有一双眼睛异常地明亮。

厄运终于降临到它们这一群猪身上，几乎每天都有同伴被抓出去宰掉。它们每天都生活在惊恐中，当人们的目光在它们身上扫过时，每头猪都能感受到死亡的气息。终于，同伴们被屠杀殆尽，因为它瘦小得以幸存。它为同伴们难过，也感谢它们，正是因为自己受排斥，才逃过一劫。如今再没有猪和它争食了，可它却对那些美食有了本能的恐惧，仿佛那是美味的毒药。它宁可越过高坡去啃那些青草。

终于有一天，人们又吵吵嚷嚷地来了，它意识到自己将大难临头了。于是，它猛地一蹿，跳出围墙。原来这道在肥猪眼里高不可攀的围墙竟如此容易越过。它跑到远处的山坡上，回望饲养场的大院，那里有许多小猪刚刚降生，它们的命运只不过是一代一代地重复同一个悲剧，它轻轻地叹息了一声，开始了逃亡之旅。

它的逃跑引起了人们的关注，许多家媒体都报道了这件事，一时它成了人们茶余饭后谈论的对象，甚至有人不惜高价悬赏找它，想让它舒服地终老一生，因为它是百年难得一遇的聪明而勇敢的猪。

终于，它在奄奄一息时被人们发现，并被一个好心人家收养，从此，它可以睡在舒适的窝里，可以吃可口的美食。可它依然不敢吃得太饱，并时常在院子里跑步以增强体质，衡量着围墙的高度。它必须保持着这一习惯，因为它知道，说不定哪天，当主人对它厌倦时，当人们重又生起杀心时，它又要开始逃亡了。